Sonhos no Terceiro Reich

F✺SF✺R✺

CHARLOTTE BERADT

Sonhos no Terceiro Reich

Tradução
SILVIA BITTENCOURT

Apresentação
CHRISTIAN DUNKER

Posfácios
REINHART KOSELLECK
CHARLOTTE BERADT
BARBARA HAHN

APRESENTAÇÃO
7   O sonho como ficção e o despertar do pesadelo
    Christian Dunker

27 Sonhos no Terceiro Reich: A origem da ideia
38 A reforma da pessoa privada ou "A vida sem paredes"
48 Histórias de atrocidades burocráticas ou "Não encontro alegria em mais nada"
53 A vida cotidiana recriada durante a noite ou "Para que eu mesma não me compreenda"
60 O não herói ou "Não digo nenhuma palavra"
67 O coro ou "Não dá para fazer nada"
74 Doutrinas que se tornam autônomas ou "Os morenos no reino dos loiros"
85 Pessoas atuantes ou "Basta querer"
96 Desejos velados ou "Parada final: *Heil*"
104 Desejos revelados ou "Queremos tê-lo conosco"
111 Sonhos de judeus ou "Se necessário, cedo lugar ao papel"

124 OBSERVAÇÃO POSTERIOR

POSFÁCIOS
125 *Reinhart Koselleck*
143 Sonhos sob a ditadura
    Charlotte Beradt
153 Uma pequena contribuição para a história do totalitarismo
    Barbara Hahn

161 NOTAS

APRESENTAÇÃO

O sonho como ficção e o despertar do pesadelo

Cresci ouvindo histórias sobre a guerra. Meu pai e minha avó viveram a ascensão do Terceiro Reich na Alemanha nazista, meu avô desapareceu lutando na Rússia. Mais tarde estudei os relatos de sobreviventes e a literatura de testemunho, de Primo Levi[1] a Jorge Semprún.[2] Desde cedo notei que essas histórias se dividiam em dois grupos, unidos por um mesmo traço de contingência. No primeiro estão os relatos em torno da arbitrariedade da violência, como a dos campos de concentração, as perseguições políticas, mas também as tragédias geradas por bombardeios, sacrifícios e destruições desnecessárias. O segundo grupo é formado por narrativas sobre a contingência dos atos que nos salvam. Pessoas que abrigaram outras pessoas, gestos improváveis e suas retribuições inesperadas. Casos em que alguém, contra todas as expectativas de ação funcional, supera o medo e a intimidação, arriscando-se para dar guarida ou dignidade à vida de outrem.

O livro de Charlotte Beradt compõe uma terceira classe de relatos. Ele não propõe uma moral redentora ou punitiva. Ele não apresenta causas ou razões, mas reverbera relatos de sonhos de trezentas pessoas que viviam na Alemanha entre 1933 e 1939.

Seu texto, publicado originalmente em 1966, não é heroico nem explicativo, mas assemelha-se à difícil arte psicanalítica de fazer os sonhos falarem por si mesmos, sendo escutados em sua força reparadora e transformativa pelo próprio sonhador.

Nascida em uma família judia de comerciantes, em 1907, Beradt trabalhou como jornalista e crítica teatral. Ela pertence a uma tradição do pensamento alemão voltada para a crítica do cotidiano e para a retomada da arte como modelo de transformação social, na qual se incluem Agnes Heller, György Lukács e depois a Escola de Frankfurt. Até sua morte, em 1986, desempenhou importante papel no processo de desnazificação da cultura alemã. Aproximando-se de Hannah Arendt, com quem trabalhou em Nova York e cujos ensaios traduziu, Beradt estava ciente de que o desastre que levou Hitler ao poder não poderia ser reduzido nem à hipótese de uma súbita loucura coletiva, nem ao mero desvio de rota dos processos de racionalização próprios da modernidade.

Os sonhos são nossa produção própria e insubstituível, mas não sabemos exatamente como os criamos. Sabemos que sua matéria-prima é a vida social ordinária, com seus restos diurnos e pendências cotidianas, mas somos surpreendidos pelos enigmas e estranhezas que causam em nós. Eles são como uma obra de arte, uma "artesania" que o sonhante cria com sua memória, imaginação e desejo. Interpretar um sonho não é traduzir seu sentido, mas reconstruir os caminhos pelos quais ele foi se fazendo. Quando deciframos um sonho, precisamos das associações que faz o sonhante de seus diversos signos e imagens. A análise dos sonhos decompõe esses elementos e suas relações para melhor refazer sua lógica de produção.

O que queremos saber é exatamente como cada um faz o seu trabalho onírico, porque este é também o trabalho do desejo. Há, pois, duas rupturas em questão quando se examina o sonho: (1) ele ocorre no espaço de descontinuidade entre o sono e a vigília e (2) ele ocorre na vida diurna, na descontinuidade entre a realidade e o desejo (como realização de sonhos). A brilhante intuição de Beradt levou-a a colecionar, guardar e organizar esses sonhos em um momento histórico de extremo antagonismo ao desejo.

Ela os apresenta como "sonhos ditados pela ditadura". É tentador pensar que a ditadura é um evento político e os sonhos são uma experiência privada. Mas é justamente essa contradição que o trabalho onírico capta tão bem ao figurar a enunciação de uma lei insensata, como a de que "é proibido parecer nervoso". A eliminação das paredes entre o público e o privado, situação em que é impossível esconder-se ou manter segredos, é resolvida pela criação de não lugares ou de lugares impossíveis: esconder-se entre duas cadeiras, esconder-se no chumbo, esconder-se no fundo do mar, ir para além da Lapônia ou tomar o ônibus cujo ponto final se chama *Heil*.

A interpretação de um sonho confronta o criador e a criatura, unidos por um mesmo processo, o trabalho onírico (*Traumarbeit*). Ele é como uma espécie de ponte construída, simultaneamente, a partir dos dois lados de um mesmo rio. Em uma margem partimos do sonho procurando encontrar seus correlatos na vida de vigília, são os restos diurnos. Na outra margem pensamos a partir da linha biográfica contínua da memória histórica, entre passado e presente, para nela localizar o sonho como hiato ou parêntese. Os dois lados da ponte nunca se juntam perfeitamente, criando um jogo entre sentido e contrassentido que projeta diante de nós uma parte da história ainda não construída, ou seja, o desejo futuro como já realizado. É para lá que o rio corre.

Mas além de ser uma ponte que parte do presente, vai ao passado e se apresenta como realizado no futuro. Neste trajeto há uma transformação na matéria da qual se compõem os sonhos. As reminiscências são compostas de pendências do cotidiano, de frases incompletas, de ações interrompidas, que ficam retidas na atenção presente de nossa consciência dilatada. O passado faz do sonho um historiador que a cada vez tem que reconstruir a história dos desejos desejados, os desejos impublicáveis para nós mesmos, por isso estes são deformados, censurados e simbolizados, por meio de dois processos diferentes: a condensação (*Verdichtung*) que junta pensamentos oníricos de desejos díspares em um mesmo objeto, e o deslocamento (*Verschiebung*) que move pensamentos oníricos de um objeto para outro. Lembremos que a expressão *Dichter* remete a poeta, aquele que lê o passado, ou profeta, quando se orienta ao futuro. Temos assim a disposição da consciência irrealizada no presente que se enlaça simbolicamente com pensamentos do passado realizando imagens alucinadas do futuro. Percepções, pensamento e imagens, três materialidades distintas, reunidas pelo trabalho do sonho. Podemos comparar o sonho com um sismógrafo, aparelho usado para prever e registrar o impacto de terremotos. Um sismógrafo é capaz de captar micromovimentos, ocorrentes no interior da Terra, registrar sua magnitude e projetar seu impacto vindouro. Desta forma, a compilação de sonhos individuais, feita por Beradt, foi capaz de registrar tais movimentações tectônicas, de eventos sociais disruptivos futuros.

    Há certas situações nas quais o fio de continuidade do cotidiano se rompe. Há condições sobre as quais o sonho não consegue realizar seu trabalho de simbolização perfeitamente. Há ainda constelações nas quais nos faltam os meios de figuração requeridos pelo sonho, que se mostram indisponíveis ou insuficientes. Nestes casos o processo de unificação entre imagens, lembranças, pensamentos e palavras pode fracassar. Um dos motivos pelos quais muitos sonhos nos parecem absurdos decorre do que Freud chamou de *Rücksicht auf Darstellbarkeit*, e que podemos entender como a condição perspectiva ou condição narrativa necessária para que o conjunto de imagens alucinadas se apresente como uma história, com começo, meio e fim. Isso levanta a hipótese de que em situações sociais de anomia, suspensão da ordem ou descontinuidade comunitária e institucional, o sonhar se torna um trabalho mais árduo. Como se precisássemos "trabalhar" muito mais para receber a mesma quantia de prazer e alívio onírico.

Quando a falta de sentido se torna insuportável, invadindo nossas preocupações cotidianas, o trabalho de composição do sonho pode se tornar um problema. A contingência passa a ser perseguida como um sinal de liberdade proibida, como um espaço no qual a determinação do sentido é negada. A falta de sentido é "domesticada" recorrendo a explicações fantasmáticas, por exemplo: a existência de judeus, traidores da pátria, formas de vida impuras, falta de fidelidade do povo alemão ao *Führer*. De representante social da "falta de sentido", o sonho se torna objeto politicamente perigoso a ser colonizado, destituído de sentido, expulso da racionalidade. Daí a importância da ausência de uma narrativa mestra, nem psicológica nem sociológica, para explicar o conteúdo dos sonhos aqui compilados. Eles apenas ressoam e testemunham como a falta de sentido experimentada na vida social ordinária era tratada pela falta de sentido dos sonhos, ou seja, que nem todos os absurdos são equivalentes. Isso se mostra de modo particularmente eficaz nos códigos de ocultamento linguístico e nos neologismos criados pelos sonhos para articular o nonsense: "gordo" para [Hermann] Göring, "doença" para prisão ou então o *Diktierer*, mistura de ditador (*Diktator*) com animal (*Tier*).

Nesse ponto é preciso salientar a inteligência e o rigor da tradução de Silvia Bittencourt, tanto pelas inúmeras notas que tornam o contexto da sociedade alemã e de suas referências culturais, que abundam nos sonhos, acessível ao público brasileiro como pelas soluções que ela encontra para traduzir os sonhos. *A interpretação dos sonhos* é o livro de Freud mais difícil de traduzir, e não foi por outro motivo que Lacan descobriu a partir dela a noção de significante. O trabalho do sonho produz signos específicos que não admitem sinônimos: sonhar com casa é uma coisa, sonhar com habitação é outra. Tudo depende da assonância da palavra, como, por exemplo, na oposição entre sr. Gross (grande) e sr. Klein (pequeno), sobrenomes comuns na Alemanha.

O livro que o leitor tem em mãos é um exemplo maior de como se dá a tradução do mal-estar em angústia, exemplificando como se articula uma experiência compartilhada do mundo com a sua narrativa singular. Daí que o teor de angústia dos sonhos aqui apresentados seja grande. A maior parte deles coloca dramaticamente a divisão subjetiva representada pelo desejo de salvar-se, aderindo ao sistema, e o desejo de fazer resistência, expondo-se ao perigo.

A ideia de que os sonhos são ao mesmo tempo determinados por sentidos individuais e coletivos aparece em pesquisadores do sonho como Artemidoro de Daldis[3] e na função dos sonhos xamânicos tal como descritos por Davi Kopenawa,[4] entre os Yanomâmi. Isso coloca o trabalho de Beradt como um antecedente decisivo para a pesquisa nacional sobre os sonhos dos brasileiros durante a pandemia de Covid-19,[5] entre 2019-21, e o projeto de construção de uma oniropolítica.[6]

Os sonhos em situação de conflito social se tornam leituras da contradição social, sismografia da tensão entre aspirações de liberdade e a paixão da servidão voluntária. O impasse aqui é que o projeto de um império de mil anos, como se propunha ser o Terceiro Reich, não consegue sonhar para si nada que não seja o mero prolongamento do seu próprio presente. O título em inglês captura bem essa ambiguidade: *The Third Reich of Dreams*, ou seja, "O Terceiro Império dos sonhos", mas também "Os sonhos do Terceiro Império". Muitos dos sonhos coletados se apresentam como contradição improdutiva, como ambivalência de sentimentos ou como oposição de intenções. Isso aparece, por exemplo, no sonho, a um só tempo orgulhoso e envergonhado, do médico que era a única pessoa no mundo capaz de curar Hitler. Divisão que ganha contornos eróticos no sonho da jovem que seduz o oficial loiro que a condena ao fuzilamento. Contradição que se condensa em imagens como mortos-vivos, esqueletos moventes ou viagens sem paradeiro. "De repente estou deitada embaixo de um monte de cadáveres, sem saber como esses corpos foram parar ali, mas finalmente tenho um esconderijo. Felicidade plena, sob um monte de cadáveres e com minha pasta debaixo do braço."

Talvez tenha sido por isso que o psicanalista Bruno Bettelheim, sobrevivente do campo de concentração de Dachau, tenha argumentado, em seu posfácio à edição americana deste livro, em 1968, que no sistema de terror as pessoas tentam livrar de seu inconsciente qualquer desejo de resistir. O esforço por repudiar qualquer crença na rebelião é compatível com a existência de tão poucas tentativas de assassinar Hitler.[7] Ou seja, o desejo é um objeto político por excelência. Capaz de manipular conflitos, mobilizar fantasias de perversão, imagens regressivas e ideais infantis, a transformação de sonhos em pesadelos regressivos é uma estratégia comum às diversas formas de populismo e de tirania.

Aqui seria possível criticar o trabalho de Beradt porque ele não traz esse elemento central para qualquer interpretação onírica, que são as associações evocadas pelo sonho na pessoa que o produziu. Em seu posfácio, o importante historiador

Reinhart Koselleck sugere que isso poderia reduzir os sonhos à condição expressiva de uma biografia particular, com seus conflitos pessoais e experiências infantis. Segundo ele, a conexão com as vidas particulares permitiria ler tais sonhos com uma chave diagnóstica, o que poderia contribuir para a redução psicopatológica dos processos políticos.

Contra essa direção seria preciso lembrar que grande parte dos sonhos aqui retratados leva a um tema que é ao mesmo tempo clínico e político, a saber, o uso, o controle e a restrição da palavra. Por exemplo, "ligo para a sede da polícia, mas não digo palavra alguma". Outro caso: "Não consigo mais falar, apenas cantar em coro com meu grupo". Ou ainda: "É melhor morrer de sede do que falar a língua estrangeira do deserto". Independentemente dos motivos dessa escolha, a prudência interpretativa e a ausência de associações do sonhador concorrem de modo extremamente feliz para a lógica do texto. Isso talvez explique por que ele se tornou uma das referências mais substanciais sobre a experiência do nazismo, tendo sido traduzido em inúmeras línguas e estudado como material primário de pesquisas em sociologia, história e psicologia. Quero crer que isso aconteceu não apenas pelos motivos levantados por Koselleck:

> Apesar de não serem produzidos de forma intencional, os sonhos pertencem ao campo da ficção humana. Eles não oferecem uma apresentação factual da realidade, mas lançam uma luz particularmente forte sobre a realidade da qual provêm.

As duas teses são questionadas pela psicanálise, a partir de uma crítica do conceito intuitivo de *intenção* e do conceito trivial de *realidade*. Ou seja, a intenção não pode desconhecer o inconsciente assim como a realidade não pode negar a existência do sonho. O livro de Beradt traz evidências sobre essa dupla questão, mostrando que a verdade das intenções tem uma estrutura de ficção, assim como a essência da realidade pode não ser imediatamente factualizada pelo sujeito. A exatidão das transcrições, a força de sua simplicidade, a literalidade da significação, demonstram a tese surrealista de que os sonhos são parte da realidade. Eles não provêm de outra realidade, que seria então qualificada como ficcional ou virtual. Sonhos são uma experiência real em si mesma. Tanto quanto o livro empírico que o leitor pode manipular, composto de páginas brancas realmente rasgáveis, com tintas negras ou coloridas reais na capa, que foi editado e vendido em uma livraria materialmente consistente, gerando um valor e um lucro fungível e palpável como qualquer mercadoria.

O sonho, como um livro ou uma mensagem oracular, pode apresentar-se como um enigma — escrito em uma língua estrangeira, incompreensível e que precisa de tradução. Se trouxéssemos um indígena do Alto Xingu para uma viagem de metrô em São Paulo talvez ele achasse tudo estranho e misterioso, mas a experiência em si mesma não teria nada de menos real por causa disso. O real não é individual ou coletivo, psicológico ou sociológico, científico ou religioso, o real é o que é. Mas estamos acostumados demais em pensar o real apenas como fatos positivos, presentes e atuais. Contra isso o sonho nos apresenta uma curiosa combinação de fatos futuros e passados imersos em uma situação de perturbação do presente. Mais do que isso o sonho nos mostra que a realidade pode ser um processo transformacional do tempo, não apenas do espaço e da extensão, como estamos acostumados a pensar, em nossa crença na realidade neurótica e euclidiana.

O fato de que os sonhos sejam uma experiência muito difícil de reconhecer, vivida em situação de exílio da própria consciência, caracteristicamente solitária, sem testemunhas que o corroborem em terceira pessoa, torna esse real ainda mais difícil de ser apreendido. Hoje é possível medir e registrar a sua ocorrência por meio da verificação da alteração de movimentos oculares e ondas cerebrais, mas isso não parece negar os achados freudianos, pelo menos segundo a mais recente pesquisa neurocientífica.[8] Sua existência não é desqualificada em nada pelo fato de que sua estrutura é ficcional.

Desde o início da modernidade existem duas cláusulas problemáticas acerca de nossa condição de sujeito: o sonho e a loucura. Nos dois casos poderíamos dizer que a razão está suspensa, assim como a unidade, a identidade e a reflexividade. Isso torna tais condições parte excluída sobre a consideração da realidade, assim como elemento suspeito sobre qualquer enunciação de verdade. Os sistemas totalitários caracterizam-se pela exclusão dessas duas condições: nelas não há verdade alguma na loucura, assim como a realidade é um todo sem exceções. Por isso os *Sonhos no Terceiro Reich* são uma espécie de correlato complementar a *O homem que se achava Napoleão*,[9] que mostra como a Revolução Francesa é a condição e a prova para a invenção de uma nova forma de experimentar a loucura, mas também que a própria loucura foi afetada visceralmente pela revolução. Se a forma como sonhamos é a maneira como tratamos o real da política com nossas próprias divisões subjetivas, a forma como enlouquecemos é o modo como tratamos politicamente o real de nossa divisão subjetiva. Sonho e loucura não são acontecimentos individuais e privados, mas experiências intervalares entre o individual e o coletivo, entre o público e o privado. É o que se vê nestas invenções oníricas coletadas por Beradt: "a máquina controladora de pensamentos", o regulamento surrealista das "vinte palavras que o povo está proibido de pronunciar", o "livro com páginas em branco", a mensagem escrita com "tinta invisível", o incrível e tristemente atual "Departamento de Fiscalização da Honestidade de Estrangeiros".

Os sonhos têm estrutura de ficção em dois sentidos diferentes. Eles são uma produção de imagens, semelhante a um filme privado. Nessa sala de cinema exclusiva são exibidos nossos piores e melhores romances de terror, comédias de humor corrosivo, e as mais íntimas tragédias existenciais. O sonho deforma, exagera ou condensa a realidade: Hitler com botas de domador e calça de palhaço, funcionários feito estátuas de mármore, vozes e faces mecânicas, gestos marcantes em que se concentra toda a inumanidade de um personagem. Contudo, os sonhos aqui compilados são ficções em segundo grau. Eles nos remetem à suposição de um sujeito. Em latim *fictio* quer dizer "hipótese", e os sonhos aqui narrados são também hipóteses para quem puder se colocar no lugar de produtor desses sonhos. É dessa maneira que nós, leitores, podemos produzir nossas próprias associações, dando vida a um universo político e subjetivo que talvez não tenha desaparecido por completo. É possível que seja porque as associações dos sonhadores estão reduzidas a alguns poucos detalhes biográficos que esses sonhos tão distantes e tão alheios se tornem uma experiência tão próxima e tão intensamente inquietante, como o leitor verá por si mesmo.

Entre 1933 e 1939, Hitler remilitarizou a Alemanha e, aproveitando-se da crise econômica, fez passar leis duras e segregativas. Inflou o ressentimento social contra minorias e colocou a nação sob a égide do trabalho, censurando e perseguindo seus opositores. Ele foi leniente com a violência organizada pelas milícias, capitalizando as divisões sociais já existentes.[10] Serviu-se da ascensão de uma nova casta de intelectuais[11] e contou com uma nova filosofia jurídica formada para lhe dar cobertura parlamentar. Unificou seus inimigos, disseminando a cultura do ódio, do medo e da suspeita.[12] As trezentas testemunhas oníricas desse processo, aqui reunidas, não chegaram a ver a guerra ou os campos de concentração, mas de certa forma são como a antecipação de um futuro próximo. Não porque esse seria um futuro desejável, nem porque os sonhos sejam efetivamente capazes de adivinhar o futuro. Basta pensar que se os sonhos são feitos de desejos e se nossos desejos são formados pelos desejos dos outros e pela nossa interpretação dos desejos desejados pelos outros e se o mundo se transforma, em alguma medida, em função de nossos desejos, conclui-se que os sonhos são máquinas de produção de futuro possíveis, a partir de leituras do presente em sua relação com passados necessários para justificar tais futuros.

Essa transformação é gradual e começa como fenômeno discursivo. São necessários seis anos de sucessivas leis discricionárias e discriminatórias, de desapropriações e vandalismos calculados, sobre a perseguição de opositores e formação de grupos milicianos de assalto, para que o nazismo se institucionalize. Beradt, aparentemente, percebeu essa perturbação na estrutura ficcional, interessando-se pela capacidade de sonhar do alemão médio. Ela percebeu, por exemplo, como os sonhos assimilam e criticam a obscena lógica classificatória que reduz pessoas a membros de uma classe, a "pessoas tipo", chegando ao paradoxo borgeano da "lista dos desprezados por todas as classes" e o grupo "das pessoas que fingem dormir". Ela intuiu a analogia perspectivista entre o caráter insensato de uma sociedade que não suporta a falta de sentido e que encontra na capacidade de sonhar a última resistência a uma realidade opressiva.

Quem pensa que os sonhos, assim como a loucura, são experiências absurdas, sem sentido, desprovidas de coerência e repletas de contradição, corrobora a hipótese de que os sonhos são irreais, confirmando que o que chamamos de realidade é uma experiência racional, dotada de existência, unidade e identidade, independentemente do que possamos pensar ou dizer sobre ela. Mas o que dizer quando olhamos para a realidade e experimentamos que ela é absurda, incoerente, disparatada ou destituída de sentido? Não teria o disparate e a incoerência o direito a existência, como o sonho?

O que sonhar quando a realidade social diante de nossos olhos adquire os mesmos traços de irracionalidade, contradição e fratura de sentido que atribuímos aos pesadelos e à paranoia? "Acirrar antagonismos naturais, criar antagonismos artificiais, formar grupos nocivos ou de elite e jogar um contra o outro são os princípios básicos da ditadura totalitária."

Essa consideração sintética de Beradt vale tanto para os sonhos como para a realidade que eles ajudam a construir e compor. Eles mostram uma espécie de homologia entre a contradição da realidade social e a contradição lógica no texto do sonho. Por exemplo: "conto uma piada proibida, mas por precaução conto-a de forma errada, de modo que ela não faça mais sentido". Outro exemplo: sonho que "falo russo, mesmo sem saber falar russo, para que eu mesma não me compreenda, e assim ninguém me compreenderá, o que me protege de dizer qualquer coisa contra o Estado, porque isso é proibido". Lembremos que, para Freud, a censura onírica explica por que temos que trabalhar para deformar nossos desejos simbolicamente. Em resumo: a censura é um procedimento político que a psicanálise tomou emprestado para ler os sonhos ou a censura é um procedimento anímico que a política tomou para seu próprio uso e abuso?

Sob certas circunstâncias, o pouco de sentido que percebemos na realidade pode ser apenas uma questão de tempo. Uma ficção ou uma hipótese podem não oferecer condições cognitivas ou técnicas de verificação no presente, mas por definição são noções que contêm um tempo futuro. Então, qual é a diferença entre isso e um sonho que agora nos parece sem sentido, mas que pode adquirir sentido no futuro? Essa é a pergunta de Freud em seu texto sobre o Infamiliar,[13] ou seja, o sentimento de estranhamento e familiaridade pode ser tanto o retorno transformado de fantasias narcísicas, a serviço da negação da castração, mas também, excepcionalmente, a expressão de um conflito de juízos que podem vir a ser, no futuro, confirmados como parte da realidade. Há, portanto, irrealidades presentes que figuram futuros possíveis, hoje indeterminados e incertos. Ora, é exatamente esse o problema lógico, legado por Aristóteles, sobre a existência de proposições contingentes, ou seja, aquelas que não seriam nem possíveis nem necessárias, uma vez que se referem a eventos que evidenciam que o mundo pode se tornar diferente do que ele é. Por isso também a realidade comum, a realidade chão e a realidade psíquica já se encontram em uma espécie de contradição produtiva em Freud.

Na mesma direção, podemos aproximar o sonho da obra de arte. Incompreendida em seu tempo, expressão de hipóteses científicas ainda não verificadas, linguagens para uma forma de vida ainda não existente, isso tudo está em perfeito acordo com o uso mais proverbial dos sonhos para designar como queremos nosso futuro. Devemos reconhecer, portanto, que há dois casos diferentes para a tese de que os sonhos são ficções. No primeiro caso, ficção quer dizer a negação da realidade atual, ilusão ou quimera imaginativa materializada em imagens. No segundo caso, ficção quer dizer a suposição de um sujeito futuro para o qual aquilo que é hoje absurdo, insensato ou irracional se tornará compreensível, porque o mundo então terá se transformado.

A aspiração de esconder-se, de não ser reconhecido, de obedecer desesperadamente a uma lei, ainda que ela seja insensata, o desejo de escapar e ir para outro lugar aparecem recorrentemente nos *Sonhos no Terceiro Reich*. Eles podem levar ao exagero da demissão subjetiva, como no sonho do jurista que pendura em si mesmo um cartaz dizendo: "Se necessário, cedo lugar ao papel". Esse exagero da demissão subjetiva aparece também nas inúmeras identificações com o agressor, na tirania das vítimas contra si mesmas e na ambivalência constante entre protestar e calar. Aqui, a ficção nos remete a um tempo futuro em que a opressão estaria suspensa.

A acepção narrativa da ficção exprime o modo como colocamos nossas perguntas sobre a verdade da realidade que se apresenta diante de nossos olhos. É nessa direção que Lacan afirma que a verdade tem estrutura de ficção. Os sonhos são ficções pelas quais criamos uma posição de verdade sobre a realidade, interpretando a natureza dos outros que nos cercam, a substância social e subjetiva de nossos conflitos com a própria realidade. Notemos que é exatamente a partir dessa posição que julgamos os sonhos absurdos ou meramente expressivos da vida que levamos ou dos problemas e soluções que enfrentamos ao longo dela. É uma certa perspectiva, formada pelo desencontro entre uma posição subjetiva e uma posição objetiva, que tais sonhos serão tomados como normais ou excepcionais, repetitivos ou reveladores, premonitórios ou confirmadores. O problema aqui não é que existam sonhos enigmáticos que se assemelhem a colagens surrealistas, mas que existam sonhos que sejam histórias perfeitamente banais, ordinariamente acontecidas em nossa vida cotidiana. São os chamados sonhos evacuativos dos pacientes que produzem formações psicossomáticas, nos quais o absurdo do cotidiano repetitivo avança sobre o trabalho onírico, como se entre vida onírica e vida de vigília não houvesse torção ou descontinuidade.

Aqui, encontramos o grupo de sonhos em que está em jogo a tensão para a adaptação e a conformidade em relação às transformações sociais ocorridas na Alemanha durante a ascensão do nazismo. O trabalho para tornar normal o que não é normal.

A elaboração de contradições crescentes entre o que se sabe e o que se pensa "verdadeiramente". Essa coerção consegue penetrar na lógica composicional dos sonhos como um esforço para "sonhar como se deve sonhar". A verdade do sonhar nesse caso é que ele é o espaço de liberdade que resta em uma sociedade que torna tudo público. Como disse um dos chefes do Partido Nazista: "A única pessoa que tem uma vida privada na Alemanha é aquela que dorme".

Já se argumentou[14] que as sociedades digitais padecem de um problema análogo, ou seja, intrusão da privacidade sobre o público e extrusão do público sobre o privado, resultando em perda significativa das experiências de intimidade e de comunalidade. Nesta situação a descontinuidade e a passagem entre sonho e sono, entre sono e vigília, passa a ser decisiva para a recuperação da capacidade crítica. Daí a ambiguidade da noção de despertar. Acordar aponta tanto para a suspensão de nosso estado de sono, como para o fato de que, quando estamos acordados, podemos estar, também, "dormindo". Podemos estar, como se diz, "dormindo no ponto", levando uma vida sonambúlica, imersos em ideologia. Uma vida desprovida de consequência com a sua própria verdade. Neste caso acordar tem um sentido crítico e emancipatório e a emergência de pesadelos aponta para o bom funcionamento do sismógrafo psíquico do sujeito.

Todavia, na segunda dimensão do sonho como ficção, ele se relaciona com o núcleo real e insuportável da própria realidade, aquilo que temos que negar na realidade para que esta se apresente como uma totalidade ordenada e dotada de sentido. Nesse caso, a dimensão de angústia, de repetição traumática, impulsiona o sonhador a acordar. O fracasso do sonho como guardião do sono acusa uma espécie de recuo diante do real. Desta forma acordamos para esquecer, para fugir do pior, para ignorar e desconhecer a posição objetiva de alienação em nossa fantasia inconsciente. Por isso, muitos pesadelos nos deixam um sentimento de covardia ou de curiosidade sobre o que teria acontecido, se tivéssemos deixado o "filme" onírico ficar em cartaz por mais alguns minutos. O pesadelo tipicamente nos faz acordar antes, e neste caso o acordar é nos proteger do real fugindo para a realidade.

Ao nos manter adormecidos, o sonho deforma a nossa história e aquilo que não admitimos em nós mesmos, ele fragmenta a unidade onírica e suspende o processo narrativo da figurabilidade. Nesse ponto, as estruturas de ficção que mobilizamos para continuar dormindo encontram seu limite, pois o próprio fato de estarmos sonhando, de que sonhar é possível, mostra que o sistema totalitário de controle de pensamentos, desejos e comportamentos tem um furo. Esse furo dentro da realidade é o seu ponto de insensatez, ponto a partir do qual todo o resto ganha sentido. É o que Freud chama de umbigo do sonho, ou seja, aquilo que é a sua causa última, que não é apenas inconsciente (*Unbewusste*), mas também é não conhecida (*Unbekannte*).[15]

Exemplo: um empresário sonha que luta arduamente para erguer o braço em saudação a Goebbels. Recebe então a mensagem humilhante, diante de seus funcionários, de que o chefe nazista desaprova o gesto. Goebbels sai mancando, e o empresário permanece com o braço erguido, envergonhado, até que suas costelas arrebentam. Ele permanece assim até acordar. Do ponto de vista da verdade o sonho elabora a contradição entre obedecer e resistir, submeter-se ou enfrentar a autoridade, atender ao medo que intimida ou à coragem que transforma. Trata-se do retrato simbólico, particularizado pelas condições subjetivas e objetivas desse sujeito, das pessoas que viveram sob o nazismo. Notemos que há um ponto enigmático, um ponto de excesso no sonho: Goebbels sai, depois de recusar a saudação, mas, ainda assim, o sonhador continua com o braço erguido. Ou seja, ele fica com o braço erguido mais tempo do que é necessário. Há aqui um excesso contingente de obediência, uma superidentificação. Esse desejo de obediência, podemos dizer, é a verdade em estrutura de ficção que captura um fragmento de real. Precisamente nesse ponto o sonhador permanece paralisado ficticiamente até acordar realmente. Há um ponto de satisfação excedente e mórbida que não se contenta em aparecer negado por proposições internas de incoerência ou contradição, mas por uma mudança de nível de realidade, do sono para a vigília.

Disse que os relatos de sonho, aqui apresentados, não são nem histórias sobre como resistir às contingências obscenas da violência política, nem narrativas sobre a possibilidade de sobrevivência subjetiva graças a atos heroicos de liberdade e solidariedade, por meio dos quais a memória de nossa humanidade retorna sem aviso ou necessidade. A graça e o caráter insubstituível desses relatos é que eles trazem essas duas coisas acontecendo ao mesmo tempo, mas pela via do negativo. Em outras palavras, criam formas de resistência e atos de liberdade, ora bem-sucedidos, ora fracassados, mas de toda forma capazes de negar a lógica na qual a opressão está sendo praticada.

Salta aos olhos que em nenhum caso tenhamos sonhos que apenas invertem a lógica da opressão, colocando, por exemplo, o sonhador na posição de nazista ou imaginando mundos totalitários nos quais seríamos "nós", e não "eles", que estaríamos no poder. Há uma notável ausência de sonhos que invertem a mesma opressão sofrida. A inversão (*Wendlung*) entre passividade e atividade é o destino mais simples e primário da pulsão em seu trabalho de produção de uma nova identificação. Ela faz com que aquele que foi humilhado deseje humilhar, o que foi batido sonhe em bater e aquele que foi deixado especule como deixará aquele que nos deixou. Essa gramática de inversões define, por exemplo, a crueldade ou a vingança, a justiça ou a retribuição, que poderá praticar em sonhos o que nos é impedido na realidade. Passar de amar para ser amado, de amar para odiar ou até mesmo de amar para ser indiferente indica, indiretamente e pelo seu fracasso, a força traumática com a qual a potência onírica se defrontará em situações de desastre social. A inversão, o retorno narcísico (*Verkehr*) para a própria pessoa, o recalque (*Verdrängung*) ou a sublimação (*Sublimierung*) são os meios formais pelos quais nossos sonhos deformam, negam ou elevam nossos desejos à condição de bens sociais. Seu fracasso é também a condição de repetição do trauma, do sonho e do desejo.

Os sonhos aqui coligidos se referem a certo tipo de contingência que chamamos de experiências produtivas de indeterminação. Lembremos aqui as duas principais narrativas sobre os Estados totalitários. No primeiro caso, estamos diante de um mundo no qual a determinação do sentido, gerida pela administração e pelo controle das vidas humanas, é tamanha que seu conjunto nos expõe ao paradoxo de esse excesso de ordem ser inútil, obsceno e improdutivo. *Admirável mundo novo*, de Aldous Huxley, e *1984*, de George Orwell, são referências frequentemente evocadas pela autora para reverberar a experiência concreta do nacional-socialismo alemão em sua versão onírico-literária. Nesse caso, a estrutura de ficção foi capaz de antecipar uma experiência real ainda por vir.

Talvez a própria formação crítica da autora, particularmente no drama realista alemão, tenha favorecido sua tarefa de coletar sonhos a partir de 1933, mesmo ano em que Hitler é indicado como chanceler e começa a transformar a República de Weimar no Estado nazista de mil anos.

A terceira referência literária frequente de Charlotte Beradt é Franz Kafka. Desta feita, estamos diante da dimensão trágica da experiência totalitária, ou seja, do fato de que sua estrutura de ficção impõe efeitos segregadores no real. A tragédia, aqui, não é termos sido abatidos por um mundo alienígena que impõe seu sentido feroz e opressivo sobre nós. A verdadeira tragédia é que trabalhamos ativamente para manter tal opressão, com a nossa recusa ao ato contingente, com a nossa crença na impossibilidade de transformação, com a nossa inépcia covarde diante do real, como disse Paul Tilich sobre seus sonhos:

> Acordei com a sensação de que toda a nossa existência estava sendo transformada. Durante a vigília, acreditava que poderíamos escapar do pior, mas meu subconsciente sabia bem mais.

CHRISTIAN DUNKER
Psicanalista, professor titular do Instituto de Psicologia da USP
— Laboratório de Teoria Social, Filosofia e Psicanálise

Sonhos no Terceiro Reich: A origem da ideia

> *Às vezes em um sonho, em uma visão da noite, quando um sono profundo envolve o homem adormecido em seu leito, Ele apura então os ouvidos do ser humano e lhe faz Sua repreensão.*[1]
>
> Jó, 33:15-17

> *A única pessoa que tem uma vida privada na Alemanha é aquela que dorme.*[2]
>
> Robert Ley, chefe de organização do Partido Nazista

No terceiro dia após a ascensão de Hitler ao poder, o senhor S., de sessenta anos, dono de uma fábrica de porte médio, sonhou que era moralmente despedaçado, porém mantinha-se fisicamente intacto. O que mais tarde cientistas políticos, sociólogos e médicos definiriam em suas análises como a essência e o resultado da dominação totalitária sobre as pessoas foi, em breve sonho, apresentado ao senhor S. de maneira precisa e sutil como ele não conseguiria vislumbrar acordado. Eis o seu sonho:

Goebbels chega à minha fábrica. Manda os funcionários se alinharem em duas filas, uma à direita, outra à esquerda. Eu devo ficar entre elas e fazer a saudação a Hitler com o braço. Levo cerca de meia hora para levantar o braço apenas alguns milímetros. Goebbels observa meu esforço como se assistisse a um espetáculo, sem expressar nem aprovação nem desagrado. Quando finalmente consigo erguer o braço até o fim, ele diz apenas seis palavras: "Eu não desejo a sua saudação". Daí vira-se e vai na direção da porta de saída. Eu fico exposto daquela maneira em minha própria fábrica, entre meus próprios trabalhadores, com o braço levantado. Fisicamente, só posso ficar assim. Então fixo o olhar no pé torto de Goebbels, enquanto ele se retira, mancando. E permaneço nessa mesma posição até acordar.

O senhor S. era um homem correto, confiante, quase prepotente. O valor e o sentido de sua longa vida eram a fábrica que possuía, na qual ele, um social-democrata, empregava havia vinte anos alguns velhos correligionários. Podemos chamar sinteticamente de "tortura mental" o que lhe foi imposto no sonho — e também o que eu, espontaneamente, fiz com ele, quando me contou seu sonho, em 1933, poucas semanas depois de tê-lo tido. Mas, ao analisarmos agora o sonho desse homem, com olhar retrospectivo e afiado, em busca dos conceitos de autoalienação, desenraizamento, isolamento, perda de identidade e interrupção da continuidade da existência (noções que hoje ameaçam entrar no vocabulário cotidiano e que dão margem a tanta mitologização), encontramos todos esses conceitos em imagens claras, sonambulamente claras. Ele precisou rebaixar-se e depreciar-se em sua fábrica, com a qual se identificava; precisou fazer isso na frente de seus funcionários, em relação aos quais se sentia como um pai, um senhor — o sentimento dominante de sua vida —, e com os quais também dividia suas convicções políticas. Isso o faz perder o chão, rouba-lhe a identidade e a continuidade de sua existência. Torna-o um estranho a si mesmo, na medida em que o isola não só dos fatos de sua vida, mas também de seu próprio caráter, que perde a autenticidade.

Aqui, portanto, um homem sonha com fenômenos político-psicológicos diretamente relacionados à sua existência — aqueles dias, durante a "tomada do poder", um acontecimento político do momento. Sonha de forma tão exata que traz até duas formas de alienação em relação ao mundo que o cerca e a si próprio, frequentemente equiparadas ou confundidas. E chega a uma conclusão precisa: a de que sua tentativa de alinhamento sob o olhar de todos, sua vergonha pública, se revela apenas como rito de iniciação ao mundo totalitário, como artifício político, como experiência humana fria e cínica por parte do poder do Estado, que tem como objetivo acabar com o livre-arbítrio. O fato de ele ser destruído sem hesitação — e também em vão — faz com que esse sonho se torne uma parábola perfeita da fabricação do homem totalmente assujeitado. Quando simplesmente está lá, incapaz de abaixar o braço, olhando malevolamente para o pé torto da autoridade a fim de se manter erguido, ele mesmo está sendo demolido de forma metódica e com os meios mais modernos, como uma casa antiga que precisa dar lugar a outra, sob nova ordem. O que acontece com ele é realmente triste, mas não uma tragédia, e tem um lado cômico; não se trata de um destino individual, mas de um acontecimento típico no decorrer do processo de transformação nele efetuado: ele não se tornou um não herói, mas uma não pessoa.

Esse sonho perseguiu o dono da fábrica, tendo se repetido com frequência, cada vez acrescido de novas particularidades humilhantes: "No esforço de levantar o braço, o suor corre sobre minha face e se parece com lágrimas, como se eu chorasse diante de Goebbels"; "procuro consolo no rosto da minha gente e não encontro nem troça nem desprezo, apenas vazio". Certa vez, os modos de expressão de seu sonho foram fulminantemente claros, quase panfletários: ao tentar, durante meia hora, levantar o braço, sua coluna vertebral se rompeu.

Não é possível concluir se o senhor S. se tornou um homem partido por causa de um sonho ou se o que aconteceu foi o contrário, se ele teve tal sonho porque era um homem partido. Ele continuou a ser uma pessoa livre, relativamente corajosa, mesmo sofrendo com a situação, e não teve, por muito tempo, dificuldades em sua fábrica. No entanto, o sonho — que, mesmo se se repetia com frequência, não era uma forma de fuga para o mundo patológico das representações obsessivas, mas uma expressão da violência que acabava de se instaurar e o cercava, e cujos fenômenos básicos ele não conhecia, mas dos quais suspeitava e sobre os quais refletia logicamente no sonho — o afetou profundamente ou, nas suas palavras, marcou-o como "um entalhe". Quando, durante uma discussão política, ele me contou a respeito do sonho, seu rosto ficou vermelho e sua voz, trêmula.

Outra testemunha de sonhos desse tipo e de seus efeitos sobre quem os tem é Paul Tillich,* que os sonhou durante meses, depois de deixar a Alemanha em 1933. "Acordei com a sensação de que toda a nossa existência estava sendo transformada. Durante a vigília, acreditava que poderíamos escapar do pior, mas meu subconsciente sabia bem mais."**[3]

O sonho do senhor S. — como deveríamos chamá-lo: "O sonho do braço levantado", "O sonho da transformação do homem"? —, que parecia vir diretamente da oficina do regime totalitário onde é produzido o mecanismo de seu funcionamento, consolidou em mim uma ideia que já havia tido brevemente: a de que sonhos como esse não deveriam se perder. Caso o regime, como um fenômeno da época, viesse a ser julgado algum dia, esses sonhos poderiam ser usados como provas, pois pare-

---

* Paul Johannes Oskar Tillich (1886-1965), filósofo e teólogo teuto-americano. (Esta e as demais notas são da tradução, N.T., exceto as da autora, assinaladas com N.A.)

** Citado no jornal *The New York Times*, por ocasião da morte de Tillich. (N.A.)

ciam estar repletos de informações sobre os afetos e os motivos das pessoas quando acionadas, como pequenas rodas, ao mecanismo totalitário. Quem resolve escrever um diário o faz de propósito: a pessoa dá forma às ideias, ilumina-as ou as encobre ao redigir. Mas sonhos desse tipo, parecidos com diários noturnos, por um lado, pareciam registrar minuciosamente, como sismógrafos, o efeito, no interior da pessoa, de acontecimentos políticos externos; por outro, derivavam de uma atividade psíquica involuntária. Dessa forma, sonhos poderiam ajudar a interpretar a estrutura de uma realidade prestes a se tornar um pesadelo.

Comecei, então, a coletar sonhos ditados pela ditadura. A tarefa não foi muito fácil, pois alguns tinham medo de contar o que sonhavam; algumas vezes até deparei com o sonho "é proibido sonhar, mas eu sonho", expresso quase do mesmo modo uma meia dúzia de vezes.

Perguntei às pessoas do meu meio sobre seus sonhos. Tive dificuldade de achar gente que se beneficiasse do regime ou bajuladores entusiasmados; de todo modo, suas reações íntimas não seriam significativas para meu projeto. Dirigi minhas perguntas à costureira, ao vizinho, à tia, ao leiteiro, ao amigo, quase sempre sem revelar a finalidade de meu trabalho, pois queria, se possível, respostas não dissimuladas.

Com frequência, meu sonho-modelo, o do fabricante, levava os mais hesitantes a falarem. Com vários deles havia acontecido algo semelhante. Haviam tido um sonho sobre os eventos políticos daquela época que os marcara profundamente e que compreenderam sem dificuldade. Outros eram mais ingênuos e não estavam de todo conscientes do significado de seu sonho. A compreensão e a descrição do sonho também dependiam, naturalmente, da inteligência e do nível de formação de cada um. Porém, quer se tratasse de uma jovem ou de um velho, quer se tratasse de um operário ou de um universitário — apesar de suas diferentes capacidades de expressão e de memória —, notava-se que seus sonhos tornavam manifestas relações entre o regime totalitário e as pessoas que ainda não haviam sido formuladas naquela época, como no caso do sonho do fabricante, em que está presente o fenômeno da demolição do indivíduo.

É evidente que as imagens dos sonhos que colhi foram às vezes retocadas pelos sonhadores, de forma consciente ou inconsciente. Como ensina a experiência, na descrição de um sonho, muita coisa depende de quando ele é registrado; se tiver sido registrado na mesma noite — como mostram alguns de meus exemplos —, tem um caráter documental mais forte. Quando é registrado mais tarde ou simplesmente relatado a partir da lembrança, são as representações de uma consciência desperta que mais colaboram para a sua formulação. O quanto essa consciência desperta "sabia" e o quanto ela acrescentou de cenas do ambiente real são fatos também interessantes; porém, independentemente disso, tais sonhos relacionados à atualidade política eram particularmente intensos, relativamente descomplicados e coerentes, pois claramente determinados. Seu conteúdo era, na maioria das vezes, coeso, anedótico e até dramaticamente ordenado, tornando-se fácil de ser memorizado. E eles — em oposição à tendência geral de esquecer os sonhos, sobretudo os aflitivos — também foram conservados de forma espontânea e sem nenhuma ajuda. (Tão bem conservados que vários deles foram narrados com as mesmas palavras introdutórias: "Jamais me esquecerei".[4] De fato, depois de minhas primeiras publicações sobre o tema, foram-me relatados sonhos tidos dez ou vinte anos antes, aparentemente inesquecíveis, que identificarei aqui no texto.)

Minha atividade coletora estendeu-se até 1939, ano em que deixei a Alemanha. Aliás, os sonhos de 1933 não se diferenciaram tanto daqueles dos anos posteriores. Meus exemplos mais elucidativos, entretanto, vêm dos primeiros tempos de um regime ainda disfarçado, dos tempos de sua forma inicial.

Alguns amigos que sabiam dos meus planos ajudaram-me, perguntando e fazendo anotações. Meu mais importante auxiliar foi um médico que lançou seu olhar sobre um amplo círculo de pacientes os quais ele poderia questionar discretamente. Com um material de segunda e terceira mão, mais de trezentas pessoas puderam ser contempladas. De acordo com os princípios da pesquisa de opinião, pode-se concluir que uma grande quantidade de pessoas no Terceiro Reich foi condenada a ter sonhos muito similares.

Ao redigi-los ou copiá-los, disfarcei os sonhos obtidos por meio de relatos orais ou anotações de maneira que pudesse compreender depois. Usei, por exemplo, a palavra "família" como disfarce para "partido"; "tio Hans", "Gustav" e "Gerhard" para Hitler, Göring e Goebbels, respectivamente; e "gripe" para "prisão". No início, escondi essas estranhas histórias de família em uma ampla biblioteca, atrás de alguns livros, sem esperar que, com esse pobre disfarce, elas resistissem a alguma situação de emergência. O que, no entanto, resistiria a situações de emergência? Mais tarde, enviei-as como cartas a diversos endereços em países diferentes, onde ficaram me esperando até que eu mesma fosse obrigada a ir para o exterior.

Com o título "Dreams Under Dictatorship"[5] [Sonhos durante a ditadura], publiquei em uma revista, durante a Segunda Guerra Mundial, uma pequena seleção do material. Na época, pelas circunstâncias externas, não me foi possível interpretá-lo inteiramente.

Hoje me alegro com o fato de ter reunido e trabalhado meu material apenas no momento em que o tinha em mãos, quando já havia certo distanciamento histórico. Eram fatos, relatos, documentos, assim como estudos e conclusões científicas, com a ajuda dos quais tentei mostrar, no novo caminho da documentação de sonhos, reações psicológicas e modos comportamentais típicos dos indivíduos, o resultado direto do totalitarismo sobre cada um dos dominados.

Desconsiderei todos os sonhos com violência física e com medo psicológico, mesmo os mais extremos. Eram muitos os que começavam assim: "Como em tantas outras noites, acordei molhado de suor, pois havia sido mais uma vez metralhado, torturado, escalpelado. Coberto de sangue e com os dentes quebrados, fugi correndo, sempre com a SA* no meu encalço". Mesmo entre os conformistas, não foram poucos os que, de vez em quando, sonharam com isso. Mas esses sonhos em si não eram novidade — talvez sua quantidade o fosse. "Macbeth assassinou o sono" —[6] isso os tiranos e o poder sempre fizeram, não é essa a questão. Sempre houve, em qualquer época, sonhos horríveis, cujas origens não estão apenas nas tensões internas de indivíduos altamente sensíveis[7] (poetas como Hebbel e Lichtenberg tiveram sonhos infernais) ou em uma situação ameaçadora particular vivida por uma pessoa comum, mas sim em uma situação ameaçadora coletiva.** Consideremos uma situação coletiva muito frequente: a guerra. Há registros de pesadelos de muitas guerras, mas, nesses casos, como as pessoas e a expressão de seus medos permanecem similares, é difícil dizer de qual guerra tais sonhos provêm. Uma exceção são os sonhos de guerras da idade moderna, em que aparecem em excesso as armas e seus efeitos, aos quais a população estava exposta. E mesmo quando alguém, durante a Primeira Guerra

---

* SA (*Sturmabteilung*), a tropa de choque nazista.

** Friedrich Hebbel (1813-1863), dramaturgo e poeta, e Georg Christoph Lichtenberg (1742-1799), matemático e escritor, ambos alemães.

Mundial, simboliza seus horrores sonhando com prisioneiros congelados, pendurados em uma estaca, e com o povo faminto vindo em sua direção para cortar os melhores pedaços de seus corpos, poderia esse sonho também provir, e talvez melhor ainda, da época da Guerra dos Trinta Anos, se o local do enredo não fossem os trilhos do trem urbano de Berlim.[8]

É, no entanto, impossível ter dúvidas sobre quais acontecimentos e qual época estão na origem dos sonhos mais diversos que coletei entre 1933 e 1939 — mesmo que não o soubéssemos de antemão. O tempo e o local de sua origem são claros: eles só podem resultar da existência paradoxal sob um regime totalitário do século 20 e, em sua maioria, especificamente, da existência sob o regime hitlerista na Alemanha.

Como é difícil no século 20 reproduzir sonhos[9] sem esbarrar nas pesquisas psicológicas sobre o sonho, temos que acrescentar aqui o seguinte: nossos sonhadores não se ocupam com conflitos no âmbito privado, muito menos com aqueles do passado, que os teriam deixado doentes, mas sim com conflitos conduzidos no espaço público e por sua agitação carregada de meias verdades, suspeitas, fatos, boatos e suposições. Esses sonhos tratam de relações humanas perturbadas pelo meio em que tais pessoas vivem.[10] A "união do sonho com o que está desperto",[11] os "sonhos fictícios transparentes" (nas palavras de Jean-Paul) têm suas raízes diretamente no momento político que envolve os sonhadores e no qual eles crescem e se multiplicam. São quase sonhos conscientes. Seu pano de fundo não é apenas visível, ele é amplamente visível. O que está em sua superfície constitui a sua base. Nenhuma fachada oculta o contexto e ninguém precisa estabelecer para o sonhador as relações entre incidência do sonho e existência; ele mesmo faz isso enquanto sonha.

Também os sonhadores dessa espécie precisam de imagens, cujos símbolos, porém, não temos que explicar e cujas alegorias não temos que interpretar; podemos, no máximo, decifrar suas codificações. Eles escolhem fantasias e disfarces tão suaves como na caricatura, no cabaré ou no carnaval, trazendo máscaras por trás das quais permanecem reconhecíveis.

Isso não é, de modo algum, mesmo que pareça, uma profecia. Suas metáforas tornam-se verdadeiras, pois nossos sonhadores, na profusão dos acontecimentos do dia a dia, que eles não conseguem retrabalhar no sonho ou transcender, e com a sensibilidade aguçada devido ao medo e à repulsa, percebem sintomas que são quase imperceptíveis. Seus sonhos parecem mosaicos — frequentemente compostos de forma surrealista —, mas cada uma de suas pedrinhas provém da realidade do Terceiro Reich. Isso nos permite interpretá-los como contribuição para a psicologia da estrutura do totalitarismo, aplicá-los sobre as situações concretas que os elucidam e deixar de lado quais aspectos psicológicos do indivíduo eles podem conter. (Como se sabe, representantes das escolas psicológicas do sonho — Bruno Bettelheim,[12] por exemplo — constataram admiravelmente que nas mais extremas condições do Estado totalitário, nos campos de concentração, suas teorias eram pouco aplicáveis.)

Nesses sonhos — sob o pano de fundo de um ambiente que está se deformando e de valores que estão se dissolvendo — temos uma realidade irreal, uma mistura de reflexões e de associações, detalhes racionais introduzidos em contextos fantásticos — e que por isso não se tornam desconexos, mas, sim, mais interligados —, o duplo sentido apesar da interpretabilidade, o subterrâneo e o abissal na vida cotidiana. Não é de admirar que isso pareça com a arte moderna em todas as suas formas, visto o papel desempenhado pelo sonho, ou mesmo o pesadelo, como recurso artístico no nosso século. Mas é surpreendente como os meios de expressão empregados pelos sonhadores de então, quando estes pesquisam seu presente, condizem com os meios usados por aqueles que escrevem hoje tentando esclarecer o passado, com o qual não conseguem lidar servindo-se apenas de meios realistas.[13]

A respeito das parábolas de Kafka, foi dito várias vezes que elas se deixariam aplicar ao totalitarismo. De forma semelhante, pode-se afirmar, com relação a esses sonhos, que eles se deixam aplicar a produtos importantes da literatura sobre o Terceiro Reich, cuja fonte parece ser aqui percebida, também na forma. Se quiséssemos publicar uma seleção de sonhos bem organizados e dramatizados, talvez sob o título *Fragmentos dos dez sonhadores*, eles poderiam caber perfeitamente bem na literatura contemporânea, com a confusão ordenada que caracteriza seu conhecimento detalhado dos fatos externos e dos processos internos. Em sua luta para encontrar uma forma de expressão para o inexprimível, os sonhadores apagam os limites entre o trágico e o cômico, transformam seus relatos levemente estranhos sobre fenômenos do momento em parábolas, paródias e paradoxos, enfileiram situação por situação em registros instantâneos e em rascunhos, a partir dos quais o eco do dia ressoa de forma terrivelmente alta, terrivelmente baixa, radicalmente simplificada ou exagerada.

De que forma, no entanto, os sonhadores, "quando dormem na cama",[14] continuam a puxar o fio condutor que viram no labirinto da atualidade política e ameaça enforcá-los? Seu poder de abstração continua. O líder nazista que afirmou que só durante o sono se tem vida privada[15] subestimou as possibilidades do Terceiro Reich; o futuro servo do totalitarismo, que aqui falará com o produto do seu sonho, foi quem as viu de forma mais lúcida, "em sonho, na visão da noite".[16]

A reforma da pessoa privada ou "A vida sem paredes"

> *Vou fazer-te medo com um punhado de pó.*[1]
> T. S. Eliot

> *O domínio totalitário torna-se verdadeiramente total — e trata devidamente de sempre se vangloriar disso — quando encerra a vida privada dos que estão a ele sujeitos no cinturão de ferro do terror.*[2]
> Hannah Arendt

Decretos, disposições, leis — o que é prescrito e concebido de antemão — são as realidades mais evidentes do regime totalitário a primeiramente penetrar nos sonhos dos governados; o aparelho burocrático das autoridades e dos funcionários públicos é um herói fabuloso *par excellence*, grotesco e macabro.

Em 1934, depois de passar um ano sob o Terceiro Reich, um médico de 45 anos teve o seguinte sonho:

> Perto das nove da noite, depois de minhas consultas, quando quero me esticar calmamente no sofá com um livro sobre Matthias Grünewald, minha sala e meu apartamento ficam de repente sem paredes. Olho apavorado ao meu redor e, até onde meus olhos conseguem alcançar, os apartamentos estão todos sem paredes. Ouço gritarem em um megafone: "De acordo com o edital sobre a eliminação de paredes, datado do dia 17 deste mês...".

Muito impressionado com seu sonho, esse médico decidiu anotá-lo (em consequência, dias depois sonharia ter sido acusado de anotar sonhos). Ele refletiu a respeito disso e encontrou uma razão muito elucidativa para seu sonho. Nesse caso — como também em outros —, um pequeno acontecimento no dia, o momento pessoal de referência, torna ainda mais claro o modelo de referência histórica que se reproduz no sonho:

> O vigilante nazista dos quarteirões chegou perguntando por que eu não havia içado a bandeira. Tranquilizei-o e servi-lhe uma aguardente, mas pensei: "Nas minhas quatro paredes... Nas minhas quatro paredes...". Nunca li nenhum livro sobre Grünewald, nem sequer tenho livros sobre Grünewald, mas, pelo visto,[3] como frequentemente acontece, usei *O retábulo de Issenheim** como símbolo do mais puro germanismo. Apesar de eu não ser uma pessoa política, todos os ingredientes do meu sonho e das minhas fantasias são políticos.

"A vida sem paredes" não serve apenas de título para este capítulo — a formulação do sonho do médico estende de modo tão exemplar para o plano geral a dura situação do indivíduo que não quer se deixar coletivizar, que poderia servir como título tanto de um trabalho científico como de um romance sobre a existência humana sob o totalitarismo.

E não foi apenas a *condition humaine*** no mundo totalitário que o médico viu tão corretamente. Ele também viu no sonho, de maneira clara, a única possibilidade de se afastar da "vida sem paredes", a única possibilidade real de "emigração interior", ao sonhar: "Já que os apartamentos se tornaram públicos, vou viver no fundo do mar para permanecer invisível".

---

* Quadro pintado por Matthias Grünewald (1480-1528), artista renascentista alemão.

** Em francês no original.

Uma mulher com cerca de trinta anos, sem profissão, mimada, liberal, culta, já havia tido em 1933 um sonho que, como o do médico, trazia um depoimento existencial sobre o mundo totalitário:

> Quadros são colocados em cada esquina para substituir as placas de rua, proibidas. Esses quadros anunciam, em letras brancas sobre um fundo negro, vinte palavras que o povo está proibido de pronunciar. A primeira palavra é *Lord* — por precaução, devo ter sonhado em inglês, e não em alemão. As outras esqueci ou provavelmente nem cheguei a sonhar com elas, com exceção da última: *Eu*.

Como ela mesma disse espontaneamente ao continuar contando o sonho: "Nos tempos antigos teríamos chamado isso de uma visão".

De fato, ter uma visão significa "ver", e o espaço vazio entre a perda de Deus e a perda do eu, que os governos totalitários do século 20 usam como campo de força, é visto de forma inquietantemente nítida nesse regulamento radical da linguagem, cujo primeiro mandamento afirma: Não pronunciarás o nome do Senhor, e cujo último proíbe dizer "eu". Encobertas pela parábola, as questões básicas da dialética entre o indivíduo e o Estado coercivo são desvendadas. Juntemos a isso os detalhes que enriquecem o sonho: como o chapéu de Gessler,[4] o quadro que a sonhadora coloca no lugar das placas proibidas, cuja remoção serve a ela para caracterizar a desorientação dos que estão prestes a se transformarem de pessoas em funções. E, ao incluir no sonho, inscrita no quadro de proibições, a palavra *Lord* [Deus], que lhe era pouco familiar, em vez de *Gott* [Deus], ela consegue ao mesmo tempo fazer com que também se proíba tudo o que é notável, elevado e nobre.

Essa mulher, que escrevia "Eu" com maiúscula, como ela mesma comentou, aos risos, produziu entre abril e setembro de 1933 um ciclo de sonhos desse tipo, que não eram variações do mesmo sonho, como acontece com o dono da fábrica, mas adaptações bem diferentes do mesmo tema central. Uma pessoa normal,[5] ela se afirmou no sonho como a Sibila de Heráclito,[6] que "atinge com sua voz para além de mil anos". Com seus sonhos de poucos meses, ela foi além do Reich dos mil anos: percebeu tendências, estabeleceu ligações, esclareceu o que era confuso e, sonhando, oscilou entre o cotidiano facilmente desmascarado e os segredos sob essa camada visível. Em resumo, ela destilou no sonho a essência de um processo que levaria a catástrofes públicas e à perda de seu mundo particular — e expressou tudo isso de forma altamente articulada, num vaivém entre tragédia e farsa, entre realismo e surrealismo. Revelou-se, assim, a exatidão objetiva dos personagens do sonho, de seu enredo, de seus detalhes e nuances.

Seu segundo sonho, logo depois do de Deus e do Eu, trata do diabo e dos homens. Ela assim o descreve:

> Estou sentada, muito bem-arrumada e penteada, trajando um vestido novo, no camarote da ópera, que é enorme, com muitos balcões, e desfruto dos olhares de admiração. Apresentam ali minha ópera favorita, *A flauta mágica*. Depois do trecho "Das ist der Teufel sicherlich"[7] [É com certeza o diabo], um esquadrão da polícia entra marchando com passos fortes, diretamente em minha direção. Com a ajuda de uma máquina, eles constataram que, ao ouvir a palavra "diabo", eu pensara em Hitler. Vejo-me suplicando por ajuda em meio a todas as pessoas vestidas solenemente. Mudas e inexpressivas, elas se olham; mas nenhum rosto mostra compaixão. Ainda que o velho senhor no camarote vizinho pareça, sim, distinto e bondoso, quando tento olhar para ele, ele cospe em mim.

Assim como o dono da fábrica, essa mulher conhece a humilhação pública como recurso da política. Outro motivo que conduz seu sonho rico em elementos é o "ambiente". Esse conceito abstrato, apresentado de forma bem artística, por meio do cenário concreto de uma casa de ópera, com vastos balcões redondos, cheia de gente "muda e inexpressiva" que desvia o olhar quando algo acontece com o próximo, é realçado por alguém cuja aparência não levanta nenhuma suspeita, mas que cospe na jovem mulher vaidosa e arrumada. Aquilo que ela designa como "mudez" e "inexpressividade" dos rostos foi chamado pelo dono da fábrica de "vazio". (Em um sonho que Theodor Haecker* teve em 1940[8] aparece duas vezes seguidas o "rosto impassível" dos seus amigos.) Assim, pessoas bem diferentes empregam o mesmo código para apresentar um fenômeno oculto do ambiente, ou seja, a atmosfera da indiferença total, que é produzida pela coerção e sufoca o espaço público.

Ao ser questionada sobre sua ideia de uma máquina controladora de pensamentos, a mulher respondeu: "Sim, ela era elétrica e tinha um emaranhado de fios...". Ela criou essa máquina como símbolo da dominação sobre o corpo e a mente, da espionagem que está por toda parte, do automatismo dos processos, em uma época em que ela não tinha conhecimento de aparelhos controlados à distância, de torturas que utilizam a eletricidade e do aparato de vigilância orwelliano, uma vez que *1984* só viria a ser publicado quinze anos mais tarde.[9]

Depois de ficar abalada com os relatos sobre a queima de livros (sobretudo a reportagem de rádio que ouviu a respeito disso, em que as palavras "carregamento de caminhão" e "fogueira" se repetiam frequentemente), essa mulher teve ainda um terceiro sonho:

---

* Theodor Haecker (1879-1945), escritor e crítico alemão.

Sei que todos os livros serão levados e queimados. Mas não quero me separar do meu *Don Carlos*,[10] um volume antigo e gasto da época da escola, cheio de anotações a lápis; por isso eu o escondo embaixo da cama de nossa criada. Entretanto, ao chegarem, os homens da SA vão com seus passos fortes diretamente para o quarto dela [os passos fortes e a rápida descoberta são quesitos do sonho anterior — vamos encontrá-los em vários outros sonhos],* tiram o livro de debaixo da cama e jogam-no no carrinho de mão, que segue para a fogueira. Descubro, então, que eu não havia escondido o meu velho *Don Carlos*, mas um atlas. Mesmo assim fico parada, cheia de culpa, e deixo que os homens o levem.

"Tinha lido em um jornal estrangeiro", acrescenta ela espontaneamente à sua narração, "que uma apresentação de *Don Carlos* havia sido recebida com muitos aplausos, depois do trecho sobre a 'liberdade de pensamento' — ou será que também sonhei isso?".

Nesse sonho de *Don Carlos*, a mulher dá continuidade à caracterização do novo homem criado pelo regime totalitário, iniciada no sonho do teatro de ópera, mas ela se inclui na crítica dirigida ao ambiente e reconhece o que há de típico em seu comportamento individual: não é um livro qualquer proibido, mas um de Schiller que ela quer esconder, como a um criminoso, embaixo da cama; no entanto, por medo e cautela, esconde um atlas, ou seja, um livro que não contém discurso algum — e, apesar de inocente, ela se sente cheia de culpa.

Se aqui ela indica silenciosamente que a equação "ficar calada = consciência limpa" não poderia funcionar naquele novo sistema de cálculo, seu sonho seguinte dará um passo adiante

---

* Os comentários da autora dentro dos textos dos sonhos foram colocados entre colchetes.

nessa direção. Ele é complicado, não tão apurado do ponto de vista anedótico e de difícil compreensão, mas ela o entendeu:

> Eu sonho: o leiteiro, o homem do gás, o entregador de jornal, o padeiro e o funileiro fazem um círculo ao meu redor e me apresentam as contas. Estou bem tranquila, até que, para o meu espanto, descubro entre eles o limpador de chaminé [*Schornsteinfeger*] (que, na língua secreta de nossa família, é um código para ss,* por causa dos dois "s" presentes na palavra e do uniforme preto usado por esses profissionais). Como na brincadeira de roda "cozinheira negra",[11] eu estou no meio deles e eles me apontam suas contas com o braço levantado, clamando em coro: "Não há dúvidas sobre a culpa".

Ela conhecia exatamente as precondições psicológicas desse sonho. No dia anterior, o filho do costureiro aparecera com o uniforme do partido [nazista] para cobrar uma conta que acabara de ser feita, enquanto antigamente, antes do "despertar da nação",** as contas eram enviadas pelo correio. Quando ela lhe pediu explicações, ele respondeu, constrangido, que aquilo não tinha importância alguma, que estava passando por ali casualmente e que também vestia o uniforme por acaso. Ela respondeu "Isso é ridículo", mas acabou pagando. Trata-se de uma pequena experiência cotidiana — ainda que, naquele contexto, momentos banais não fossem simplesmente banais — à qual a sonhadora recorre a fim de ilustrar e avaliar detalhes de eventos relacionados ao início da instalação do sistema de vigilância dos quarteirões [*System der Blockwarte*], criado pelos nazistas: os abusos feitos naqueles dias

---

* A ss (*Schutzstaffel* ou Esquadrão de Proteção) surgiu em 1925 como guarda particular de Hitler e, nos anos 1930, tornou-se uma poderosa organização nazista, assumindo funções policiais e militares.

** Expressão usada nas décadas de 1920 e 1930 por escritores alemães simpatizantes do nazismo, que almejavam uma revolução nacionalista.

sob a proteção do uniforme do partido, as muitas contas particulares que precisavam ser saldadas, o início do cerco ao indivíduo pelo zé-ninguém — no caso, o ardiloso alfaiate e luveiro — a assombraram em seu sonho da cozinheira negra.

Entretanto, as palavras do coro ("Não há dúvidas sobre a culpa") acusando a mulher, julgando-a de antemão culpada, tornando-a uma típica ré de um regime totalitário e fazendo uma clara referência ao [verso] "toda culpa se expia neste mundo",[12] também simbolizam sua própria culpa de ter cedido a uma pressão silenciosa, que ela considerou "ridícula" e que o jovem uniformizado chamou de "casual".

Esse sonho, como o de *Don Carlos*, descreve, de modo muito sutil, o primeiro pequeno compromisso, o primeiro pequeno pecado de omissão, que gradualmente resultará no processo de contração da vontade até, por fim, sua atrofia total. O que está em questão é o comportamento normal na vida cotidiana, a injustiça quase imperceptível. Joga-se luz sobre um estado da consciência que, hoje, apesar de tantos esforços, é tão difícil de ser esclarecido e de onde brota a culpa dos inocentes.

Precisamos acrescentar que a frase "não há dúvidas sobre a culpa" se encontra quase literalmente em *Na colônia penal*,[13] de Kafka, dita por um oficial: "A culpa é sempre indubitável".

Essa mulher, aliás, que criou em sonho objetos orwellianos e fez descobertas dignas de Kafka, sonhou várias vezes com o novo ambiente como se fosse uma simples situação: vizinhos com "rosto inexpressivo" sentados ao seu redor em um amplo círculo, dando-lhe a sensação de estar "presa" ou "perdida". Certa vez, na noite de Ano-Novo de 1933 para 1934, após uma molibdomancia,* ela sonhou com puras impressões, em vez

---

* Adivinhação a partir de figuras formadas por chumbo derretido colocado na água.

de situações, com palavras sem imagens, que anotou ainda de madrugada:

> Vou me esconder no chumbo. A língua é chumbo, chumbo cerrado. O medo vai passar se eu for toda de chumbo. Ficarei deitada, imóvel, chumbo fuzilado. Se eles vierem, direi: "Gente feita de chumbo não consegue se levantar". Ah, eles querem me jogar na água por causa da chumbagem...

Aqui o sonho é interrompido e pode-se dizer que se trata de um pesadelo normal, mesmo que seja excepcionalmente poético, assustador até para quem não conhece o contexto.[14] (Quinze anos atrás, aliás, ele foi empregado em um conto.) A própria mulher, entretanto, aponta para a realidade entrelaçada no sonho, os fragmentos de rima tirados da canção de Horst Wessel (cerrado/fuzilado),[15] e acrescenta que é assim que ela se sente há meses, como uma mistura de chumbo e medo. Quando interpretamos isso e consideramos que a palavra "levante" vem de "levantar-se", a frase "Gente feita de chumbo não consegue se levantar" pode ganhar um significado profundo, que a sonhadora não viu, apesar de sua perspicácia.

De toda forma, o "esconder-se no chumbo", como uma expressão de refúgio para dentro de si mesma, corresponde a esconder-se no fundo do mar, no sonho do médico.

Outra mulher, de idade e tipo bem diferentes, uma professora de matemática de uns cinquenta anos, foi levada pela multiplicidade de proibições a ter o seguinte sonho no início do outono de 1933:

> É proibido, sob ameaça de pena de morte, escrever qualquer coisa que tenha a ver com matemática. Refugio-me em um bar (nunca na minha vida entrei em um lugar assim). Bêbados cambaleiam,

as garçonetes estão seminuas e o som da orquestra retumba. Tiro da bolsa um papel bem fino e, com um medo mortal, anoto com tinta invisível algumas equações.

Perguntada sobre o que ela tem a dizer sobre isso, a professora apenas respondeu: "Aqui é proibido algo que é impossível de proibir". Exatamente. E a proibição de anotar "$2 \times 2 = 4$", que vai além do possível, revela em sua simplicidade todas as proibições que vão além do possível. E são tais particularidades que essa senhorita, professora conservadora e pouco imaginativa, remexe da câmara de segredos de sua memória: ela procura um lugar obscuro, onde ninguém imaginaria encontrá-la; como um espião profissional, trabalha com tintas químicas e com um papel que se pode engolir, para proteger da destruição o direito de anotar equações, ou seja, de exercer a sua profissão. Ou então, caso se queira rotular, para não permitir que a política a aliene de sua existência, pois esse sonho, de outro ponto de vista, é uma nova alegoria para o distanciamento ameaçador entre pessoa e ambiente. (Aliás, entre os sonhos coletados, esse da professora de matemática é um dos poucos relatados por um representante da classe média que contêm uma tentativa hesitante de resistência.)

É fácil reconstruir as condições reais que motivaram esse punhado de fábulas sobre uma "vida sem paredes" que um médico, uma jovem bonita e uma professora mais velha contam em seus sonhos. Cada um deles também representa uma abstração (os sonhos da mulher que se referem ao ambiente, por exemplo, representam a "destruição da pluralidade" e a "solidão" no espaço público que Hannah Arendt formulou como fenômeno básico do homem governado de forma totalitária)[16] e comprova que esses sonhos não são efeitos de choques sofridos, mas, sim, reproduções, no interior dos sonhadores, de impressões mentais e morais.

Histórias de atrocidades burocráticas ou "Não encontro alegria em mais nada"

> *Até agora era necessário o trabalho braçal, mas daqui para a frente o aparelho trabalha totalmente sozinho.*[1]
> Franz Kafka

> *Que tempos são estes, em que uma conversa sobre árvores é quase um crime.*[2]
> Bertolt Brecht

Um crime, que consistiu na declaração "não encontro alegria em mais nada", foi cometido por um homem em um sonho na Alemanha de 1934.

O homem, um funcionário público ligado à administração municipal, jurista, perto dos quarenta anos, sonhou:

> Como toda noite, às oito horas converso ao telefone com meu irmão, meu único confidente e amigo. [Isso correspondia aos fatos.] Depois de, por precaução, elogiar a atuação de Hitler e a qualidade de vida do povo no país, afirmo: "Não encontro alegria em mais nada". [O que também correspondia à realidade, pois ele dissera isso à noite, ao telefone.] O telefone toca no meio da madrugada. Uma voz inexpressiva [a voz inexpressiva corresponde aos rostos inexpressivos que encontramos em outros sonhos] diz: "Aqui é o Serviço de Controle de Telefonemas" — e nada mais. Percebo imediatamente que meu crime foi a tal falta de alegria, ouço-me dando justificativas, pedindo e implorando que me perdoem daquela vez, que não me denunciem, não passem a informação adiante e não

me culpem por nada. Ouço-me falar como em um tribunal. A voz [do outro lado da linha] permanece absolutamente muda e desliga, deixando-me em uma incerteza torturante.

Apesar de ter se humilhado como o dono da fábrica, o funcionário público é deixado no mesmo estado de dúvida, o que certamente é um recurso do terror sistemático, no qual se vive como na situação kafkiana de ser acusado sem saber por quê, a espada de Dâmocles pendendo sobre a cabeça. Só que, nesse caso, o poder que a levantou sobre a cabeça não é uma pessoa específica, não é um Goebbels, mas um departamento representado por uma voz impessoal. Se estar contente é um prazer gratuito que a pessoa tem na vida, então considerar a falta total de alegria como crime é um sinal da desumanização em um mundo cercado por ideologias e dirigido por um ditame funcional. Nesse quadro — mais um daqueles exageros que clarificam a realidade absurda —, as condições dominantes estão condensadas e revelam o parentesco com as linhas que Brecht escrevera em algum lugar do mundo, na mesma época.[3]

O funcionário público sonhador não via tão longe; ele só via que seu sonho se encaixava consequentemente no contexto de sua profissão. "Sonho histórias de horror burocráticas", afirmou, empregando a designação oficial para boatos revelados. Em sonho, ele criara dúzias de serviços semelhantes ao Serviço de Controle de Telefonemas, cujos nomes esquecera, com exceção do impressionante Departamento de Instrução para a Instalação de Aparelhos de Escuta na Parede — vê-se que suas invenções eram genuinamente surrealistas,[4] davam à realidade de além da realidade uma "realidade absoluta" (André Breton). Ele criara decretos, portarias e associações que analisavam as situações do ponto de vista linguístico. Entre esses decretos, ele se lembrava apenas de uma "Portaria contra a Convivência com Estrangeiros" e de um brilhantemente formulado "Decreto contra os Atrasos Civis de Funcionários Municipais".

Por outro lado, esse funcionário sabia que tudo isso havia aparecido na sua frente em letreiros, cartazes ou manchetes garrafais. Às vezes, ele apenas ouvia falar desses decretos, em sonhos não visuais, "vociferados por uma voz penetrante, como nos quartéis". Isso ele mencionou só por acaso.

Nesse contexto, porém, é significativo o surgimento no sonho dos meios de comunicação de massa como tais. A propaganda constitui uma peça autônoma do mundo totalitário, e o regime de Hitler foi o primeiro sistema totalitário que, a fim de influenciar a opinião pública, utilizou, em toda a sua extensão, meios técnicos da publicidade como se fossem seus funcionários. Como os do sonho do jurista, esses meios tornaram-se autônomos, como espíritos noturnos modernos que se comportavam de modo fantasmagórico: ora materializando-se como aparições, ora manifestando-se em gritos ou vozes vindas do além.

Ao longo do tempo, o efeito causado pelos meios de propaganda se aprofundou tanto que sonhos em que alto-falantes, letreiros, cartazes, manchetes e todo o arsenal do monopólio de notícias eram o personagem principal se tornaram frequentes (esses mesmos elementos serão encontrados em papéis secundários em diversos sonhos) — tão frequentes e tão uniformes que vale apresentá-los um a um. Dois exemplos. No primeiro deles, um homem muito sensível a ruídos ouvia sempre o brado "Em nome do *Führer*... em nome do *Führer*... em nome do *Führer*" em seu rádio, sobretudo dias depois de os discursos do *Führer* ressoarem por alto-falantes em casas, escritórios, restaurantes e em cada esquina. No segundo exemplo, uma menina viu em sonho o slogan "O bem comum vem antes do interesse pessoal"* repetido infinitas vezes em letreiros esvoaçantes. Por meio desses dois exemplos é possível perceber, do modo mais simples, o efeito profundo das repetições de slogans publicitários.

Para outros, esses slogans e bordões apareciam em sonhos de forma corrigida, desfigurada, como se saídos da boca de polemistas ou da pena de autores satíricos. Durante uma campanha contra "derrotistas e depreciadores",** alguém sonhou com um coro contra "chorões e resignados". Em outra ocasião, essa mesma pessoa sonhou com uma manchete impressa transversalmente na primeira página do *Völkischer Beobachter*:[5] "Contra critiqueiros e pederastas" (havia campanhas contra os dois grupos). "Isso é ironia ou uma contrapropaganda modesta?", perguntou o sonhador a si mesmo. Uma dona de casa sonhou com um cartaz cujos dizeres "Do encanamento cai um pingão; a Assistência de Inverno faz sopão" pareciam criticar os métodos da Assistência de Inverno do Povo Alemão*** (que substituíra o tradicional assado de domingo por um guisado — *Eintopf* —, embolsando o valor economizado com essa mudança), ao estilo dos versos absurdos do modernismo, assim como de outros jogos de palavras que davam sentido ao nonsense, harmonizando conteúdos diferentes e ideias ambíguas dentro da palavra em si.

No entanto, aqui não se trata tanto de especificidades, mas do fato de que todos os meios de propaganda, aos quais os so-

---

* Esse era um dos princípios do programa do Partido Nazista, desde sua fundação, em fevereiro de 1920. Ele aparecia tanto no ponto 10 do programa, segundo o qual a ação do indivíduo não deveria ir contra o interesse coletivo, como no ponto 24, que criticava o "espírito materialista judaico".

** Ação propagandística deflagrada por Goebbels em 1934 contra vozes críticas do próprio Partido Nazista, que estariam "desanimando" o povo alemão e, dessa forma, prejudicando seu "dinamismo". (N.A.)

*** Instituição de apoio aos necessitados na época do nazismo.

nhadores estavam submetidos durante o dia, se tornaram per se o protagonista dos sonhos — não muito distantes do *sleep-teaching* de [Aldous] Huxley,[6] o transmissor com pensamentos prescritos, instalado embaixo do travesseiro.

A vida cotidiana recriada durante a noite ou "Para que eu mesma não me compreenda"

> *Pois não existe nada escondido que não venha a ser revelado, ou oculto que não venha a ser conhecido. Porque tudo que dissestes nas trevas será ouvido em plena luz e o que sussurrastes ao pé do ouvido, no interior dos quartos fechados, será proclamado do alto das casas.*[1]
>
> Lucas, 12:2

> *Não havia jeito de determinar se, num dado momento, o cidadão estava sendo controlado ou não. [...] Tinha-se que viver — e vivia-se por hábito transformado em instinto — na suposição de que cada som era ouvido e cada movimento, examinado.*[2]
>
> George Orwell, *1984*

Os meios de propaganda, dos rádios aos jornais, órgãos executores da manipulação dos cérebros, perseguem em sonhos a pessoa em via de se submeter ao totalitarismo, assim como a SA, órgão executor do terror físico, também o fez (não vamos nos ocupar aqui, porém, dos sonhos sobre a SA, apesar de muitas pessoas ainda sonharem com isso). Entretanto, quando, no sonho de uma dona de casa de meia-idade, uma lareira de azulejos da sala se transforma em instrumento de terror, trata-se evidentemente de um terror de outro tipo. A dona de casa sonhou:

Um homem da SA está diante de uma grande lareira antiga de azulejos azuis, no canto de nossa sala e perto da qual nos sentamos todas as noites para conversar. Ele abre a portinhola da lareira e ela começa a falar, com uma voz estridente e penetrante [aqui está de novo a voz penetrante, uma reminiscência da voz do alto-falante ouvida durante o dia], todas as frases que dissemos contra o regime e todas as piadas que fizemos. Meu Deus, o que ainda virá, penso eu, lembrando de todos os meus comentários miúdos contra Goebbels. Mas, no mesmo instante, fica claro que não importava uma ou outra frase que havia sido falada, e sim que tudo que havíamos pensado e dito em círculos íntimos agora era conhecido. Ao mesmo tempo, lembro de que sempre zombei da possibilidade de instalarem microfones; na verdade, continuo não acreditando nisso. Mesmo quando o homem da SA me prende pelo pulso — ele usa a coleira do nosso cachorro — para me levar, acho que é só brincadeira e falo alto: "Isto não é sério, não é possível". [A mesma incredulidade em face de uma realidade inacreditável será relatada em todos os campos de concentração; uma disjunção quase esquizofrênica entre o que vivencia e o que observa.]

Primeiramente é preciso esclarecer que esse sonho da "lareira de Hitler" data de 1933. O que hoje são fatos políticos, até mesmo do cotidiano, não eram naquela época nem sequer fatos de romance. Hoje conhecemos não apenas o símbolo de Orwell, o onipresente Big Brother,[3] mas também os aparelhos de escuta e de controle que apareceram pelas costas dos que são espreitados e controlados, sem fins políticos, na "sociedade indefesa" da segunda metade do século 20. (Como um último requinte, podemos instalar esses aparelhos na azeitona da taça de coquetel, em versões liliputianas.) E também sabemos que a pessoa que vive sob uma ditadura é o arquétipo dessa "sociedade indefesa". No entanto, a dona de casa, assim como o funcionário público, quando este criou no sonho o seu Departamento de Instrução para a Instalação de Aparelhos de Escuta na Parede, por um lado, não sabiam de nada disso, embora, por outro, "soubessem", pois, de acordo com o regime, deveriam saber, e eles representavam na escuridão da noite, de maneira distorcida, o que ocorria com eles no mundo sombrio do dia.

A dona de casa conhecia — dessa vez, de forma bem elucidativa — o motivo de seu sonho e adicionou-o, sem mesmo ser questionada, à sua narração:

Quando, no dia anterior, no dentista, estávamos conversando sobre boatos, eu me vi, para minha própria surpresa, cravando os olhos em sua máquina, como se ali pudesse estar instalado um aparelho de escuta.

Aqui vemos uma vítima de uma forma de terror difícil de ser compreendida — e ainda não compreendida completamente —, em processo embrionário: de um terror que, apesar de não poder controlar permanentemente milhões de pessoas, conseguia deixá-las inseguras sobre até que ponto iam as possibilidades dessa fiscalização. Nossa dona de casa não acredita na instalação de microfones, mas, de dia, viu-se pensando que isso não seria totalmente impossível; tanto que naquela mesma noite sonhou que "tudo o que havíamos pensado e dito em círculos íntimos era conhecido". Pode haver um sonho mais oportuno do que esse para um regime totalitário? O Terceiro Reich não podia instalar um aparato de segurança no interior do apartamento do cidadão, mas podia se aproveitar do medo no interior das pessoas, que começavam, digamos, a se aterrorizar e a se converter, sem se dar conta, em colaboradores voluntários do terror sistemático, uma vez que o imaginavam ainda mais sistemático do que era. O "sonho da lareira falante" é um exemplo do esvanecimento dos limites entre os criminosos e suas vítimas — de toda forma, ele torna claras as possibilidades ilimitadas da manipulação do homem.

Além da lareira aquecida, um idílio saído dos contos, outra delatora é a lâmpada do abajur da mesa de cabeceira no sonho de mais uma dona de casa. Em vez de luz, ela emite, com a intensidade de um alto-falante, o seguinte:

> Ela fala com a voz rangente de um oficial. Meu primeiro pensamento: simplesmente apagar a luz e ficar na escuridão salvadora. Mas aí digo: não adiantará nada. Corro para a minha amiga, que possui um livro com intepretação de sonhos, abro na página de lâmpadas e leio — lâmpada significa apenas "doença grave". Fico aliviada por um instante, até me lembrar de que hoje em dia, por precaução, as pessoas usam a palavra "doença" como senha de "prisão". Desespero-me de novo, exposta àquela voz rangente incessante, apesar de não haver ninguém ali para me prender.

Um vendedor de legumes tem exatamente o mesmo sonho, mas com uma almofada usada por precaução para cobrir o telefone quando a família está reunida à noite, conversando. O conforto transforma-se em horror: a almofada bordada por sua mãe em ponto de cruz — uma recordação sentimental — fica na poltrona (seu trono doméstico) e começa a falar, depondo contra ele e reproduzindo sem parar os diálogos da família sobre o preço dos legumes ou o cardápio do almoço. A almofada repete também a frase: "O gordo [Göring] está ficando cada vez mais gordo" — e o pequeno homem, assim como a dona de casa junto à lareira, não conseguia acreditar no que estava acontecendo.

Ouvi diversos sonhos equivalentes sobre objetos inquietantes dentro de casa: um espelho, uma escrivaninha, um relógio e um ovo de Páscoa. Em todos esses casos, as pessoas não se lembravam do sonho completo, apenas de o objeto ser o delator. O número de sonhos desse tipo pareceu aumentar à medida que os métodos do regime iam se tornando conhecidos. No entanto, os exemplos da dona de casa e do vendedor de legumes — que não sonhavam com os golpes do Big Brother, mas com seus ouvidos sempre à espreita, e que com certeza se censuravam, tiranizavam e aterrorizavam também durante o dia, caso contrário, dificilmente teriam criado à noite esses novos tiranos caseiros — ilustram não apenas os métodos invisíveis usados para tapar a boca de milhões de donas de casa e vendedores de legumes. Também revelam as formas obscuras do "consentimento" dessas pessoas. Os exemplos mostram como elas, diante do caçador, cegas pelo medo, começam a caçar a si mesmas, ajudando a montar e a acionar, por trás de suas próprias costas, a armadilha onde devem cair.

Nessa mesma categoria, uma jovem sonha algo particularmente grotesco:

> Sonho que acordo no meio da noite e vejo que os dois anjinhos pendurados sobre a minha cama não olham mais para cima, mas para baixo, observando-me penetrantemente. Fico tão assustada que me escondo embaixo da cama.

No sonho da menina, que só agora chegou às minhas mãos, inequivocamente, aparece sobre sua cama uma das reproduções mais difundidas dos anjos da Madona Sistina;[4] esse sonho parece insignificante, mas apenas em um primeiro momento: ela não pensa de jeito algum que os anjos, ali pendurados para serem guardiães de seu sono, a estão protegendo — eles a vigiam, e ela se esconde embaixo da cama, como se tivesse lido, em um livro de Orwell, que é impossível saber se não estamos sendo vigiados o tempo todo.

Basta girar a roda, e as medidas de precaução tomadas durante o dia, as fantasias e máscaras próprias à camuflagem (que também são recursos da arte moderna) e as leis privadas grotescas com as quais o cidadão dribla as leis públicas, vigentes ou imaginárias, tornam-se autônomas no sonho.

Uma moça com cerca de 25 anos, uma excelente bibliógrafa [especialista em reunir e listar livros sobre dado assunto], sonhou:

> Quero visitar uma conhecida, cujo sobrenome é Klein, ou algo assim, porém, quando já estou na rua, percebo que esqueci seu endereço exato. Entro então em uma cabine telefônica para procurar seu nome na lista, mas, por precaução, busco sobrenomes totalmente diferentes, como Gross,* o que não fazia nenhum sentido.

Isso é um disparate, pois a finalidade da ação é suspensa pela própria ação; mas que loucura tão cheia de sentido e tão desprovida de *l'absurde pour l'absurde*.**[5]

Mais um exemplo pode ser notado nesta frase, de um outro sonho: "Conto uma piada proibida, mas, por precaução, conto-a de forma errada, de modo que ela não faça mais sentido".

O mesmo homem que teve esse sonho também sonhou com cegos e surdos que ele mandava às ruas para ver e ouvir coisas proibidas, de forma que pudesse sempre provar que eles não tinham visto nem ouvido nada — e ficava sem conhecer nenhum pormenor daquele evidente grotesco.

Entre os sonhos desse tipo, o mais preciso foi relatado por uma faxineira, no verão de 1933:

---

* Tanto Klein (que significa "pequeno") como Gross ("grande") são sobrenomes típicos alemães.

** Em francês no original: "o absurdo pelo absurdo".

Sonho que, por precaução, falo russo enquanto durmo (não sei falar russo e também não falo durante o sono), *para que eu mesma não me compreenda* e, assim, ninguém me entenderá caso eu diga algo sobre o Estado, pois isso é proibido e precisa ser denunciado.

"E confundamos a língua deles, que não se entendam mais entre si", diz a Bíblia,[6] e também a Inquisição se ocupou daqueles que "diziam heresias no sonho" —[7] duas coisas que a faxineira sonhadora certamente desconhecia. Independentemente disso, porém, o que ela sonhou tornou-se agora conhecido, considerando a realidade de Auschwitz, onde o impossível se fez possível: uma prisioneira que servia como secretária perguntou, cheia de medo, a uma companheira de dormitório se ela falava em sonho sobre as coisas que vivia de dia. "Pois éramos ameaçadas para que não revelássemos nem por palavras, nem por mímica, o que ouvíamos no departamento político" (citação do jornal *Die Welt*).[8]

O sonho de um homem jovem, da mesma época, dizia: "Sonho que sonho apenas com retângulos, triângulos e octógonos, que de algum modo parecem biscoitos de Natal, pois é proibido sonhar".

Nesse caso, por precaução, alguém decidiu sonhar de forma abstrata.

O não herói ou "Não digo nenhuma palavra"

Não sou injusto, mas também não sou corajoso.
Mostraram-me hoje seu mundo,
Mas vi apenas o dedo, que estava sangrando...[1]
               Bertolt Brecht

Quem pela rua andar desanimado
Deverá ser imediatamente dizimado.
Quem, por gestos, semear depressão
Deverá ser castigado sem perdão.

Recomposição criada em sonho do poema "Lembrança dos dias de terror em Krähwinkel", de Heine, que diz:

Quem, andando pela rua, resolver pensar
Deverá ser fuzilado sem tardar
Quem, por gestos, semear reflexão
Deverá ser castigado sem perdão.[2]

Em *Der Traum ein Leben* [O sonho, uma vida],[3] de Grillparzer,* o herói é alertado em um sonho a não se culpar. Da mesma época dos relatos aqui apresentados, há um exemplo encantador de alguém que faz de um sonho o mentor de sua existência real: o pintor George Grosz sonhou que um amigo o aconselhava a fugir urgentemente para os Estados Unidos. Grosz seguiu o

---

* Franz Grillparzer (1791-1872), poeta e dramaturgo austríaco.

conselho e, mais tarde, afirmou que um poder maior o salvara do aniquilamento.[4]

No entanto, quando nesse mundo absurdo do sonho, com suas ações, seus bastidores e acessórios fantasmagóricos — e cuja construção acompanhamos até agora —, uma pessoa intervém não de maneira passiva, mas ativa, ela não está aberta a ensinamentos nem é encantadora.

Já encontramos essa pessoa em papéis secundários. Mas como precisamos categorizar para obter uma visão geral, o herói do sonho passa a uma nova categoria, na qual elabora não só o ambiente com o qual o regime o cerca, quer queira quer não, e o que é feito com ele, mas também seu próprio papel nesse jogo, até o absurdo, até o ponto de se despersonalizar. Ele se despreza, se amaldiçoa e põe o dedo na própria ferida. Mas, sobretudo, ri de si mesmo e, com um corte afiado, tira tanto de seu retrato que não resta dele mais que uma caricatura. Também tenta produzir álibis, uma inocência paradoxal, quando decifra, por meio do sonho, o seu presente. Ele não esconde tal presente de si mesmo em símbolos de difícil interpretação, mas o move, na escuridão da noite, em direção àquela luz enviesada, na qual o absurdo e o monstruoso se tornam totalmente claros. Aqueles que ainda não aprenderam da literatura moderna o que é um herói negativo, absurdo, estranho e macabro, ou seja, um anti-herói, que não promove ações ou atrocidades, mas apenas não ações, poderão aqui beber de uma das fontes. O essencial em nosso contexto é que sejam apresentadas de forma descomplicada as reações e motivações muito complicadas da consciência humana, que sabe mais do que admite durante o dia. (Tal conflito do homem com sua consciência é, aliás, uma situação básica que também as escolas psicológicas do sonho veem como estabelecida.)

Nos sonhos a seguir, o mundo do Terceiro Reich aparece apenas em segundo plano; em primeiro, está o homem "não injusto, mas também não corajoso", a quem aquele mundo foi mostrado "aqui e agora", com suas reivindicações totalitárias, entre elas a consciência desse homem.

Em 1935, um operário de 38 anos sonhou:

> Estou no correio, na frente do guichê, e atrás de mim há uma longa fila de pessoas. Não me vendem nenhum selo, pois quem é contra o sistema não pode comprar selos. Então chega um inglês — que não se põe no final da fila, mas vai diretamente para o começo, na minha frente — e diz para o homem atrás do balcão o que eu precisava dizer, mas não tinha coragem: "É espetacular como as pessoas são tratadas aqui, vou contar sobre isso quando voltar para a Inglaterra".

Quando perguntado sobre o que pensava a respeito de seu sonho, ele afirmou: "Pareço ali um homem ridículo". (Ele diz isso por acaso, claro, sem fazer referência ao *Sonho de um homem ridículo*, de Dostoiévski.)[5] O operário tinha esse mesmo sonho quase toda noite — pelo menos acreditava nisso —, mas com variações, encontrando sempre novos pormenores para a situação absurda, visando a torná-la ainda mais absurda. Em uma ocasião só era possível comprar selos se a pessoa estivesse filiada a alguma organização do partido; em outra, apenas simpatizantes do regime podiam escrever cartas. De toda forma, é geralmente um estrangeiro que diz o que pensa a um funcionário público, a um empregado do fisco ou do seguro de saúde trajando um uniforme hitlerista. Às vezes, o adversário é simplesmente "o homem atrás do caixa", no cinema, no estádio de futebol, por toda parte, enfim, onde a entrada é proibida para quem não tem o documento certo. O operário, entretanto, é sempre o primeiro diante do adversário, tendo atrás dele uma "longa fila de pessoas", de modo que seja ele quem deve falar alguma coisa. Magoava-o especialmente o fato de que, entre as pessoas que tinham coragem de dizer o que pensavam, havia também mulheres: a caricatura de si próprio ficava ainda mais doída quando o sexo frágil se mostrava mais forte do que ele, um homem de ombros largos, montador de tubulações.

Essa cena no correio que o homem apresenta poderia ser, como realmente é, caracterizada como uma caricatura política: a longa fila de pessoas, todas sem boca, diante de um balcão; atrás do balcão, o boné e a gola do uniforme com uma boca grande. A cena poderia muito bem ser representada no palco de um cabaré político — com um olhar arguto, o operário copiou do novo cotidiano o papel que as pessoas nele desempenham, representando-o como sátira. A partir daí, ele aborda em seus disfarces, que são brutais revelações, questões fundamentais, mostrando por meio da imagem da fila muda diante de um balcão da vida pública que aqui as precondições para decisões conscientes nem sequer existem. De resto, seus sonhos contêm de novo uma alegoria marcante da destruição da pluralidade no Estado totalitário: a proibição de comprar selos ou mesmo de escrever cartas, ou seja, de se comunicar com os outros.

Um funcionário de escritório de 36 anos, antigo membro do Reichsbanner (uma organização de proteção à República),[*] sonhou várias paródias de si mesmo, quase análogas aos ditados e piadas populares tão elucidativos daquela época:

> Sonho que me sento solenemente à minha escrivaninha, pois finalmente decidi apresentar uma queixa por causa das condições vigentes. Ponho uma folha vazia dentro de um envelope, sem nenhuma palavra, e fico orgulhoso de ter me queixado, mas, ao mes-

---

[*] A Reichsbanner Schwarz-Rot-Gold foi uma organização de defensores da República de Weimar que agia em defesa da república parlamentar e contra os monarquistas e nazistas. Foi extinta por Hitler em 1933.

mo tempo, profundamente envergonhado. Em outra ocasião, ligo para a sede da polícia para reclamar *e não digo nenhuma palavra*...

Como não se lembrar da frase "Não vou dizer absolutamente nada — isto, ao menos, a gente tem o direito de dizer!",[6] de Karl Valentin?* Tem-se aqui, mais uma vez, uma imagem marcante do silêncio generalizado e da vontade atrofiada, resultante de compromissos permanentes: quando a pessoa finalmente toma uma decisão, já não adianta mais.

Em outro momento, esse mesmo funcionário sonhou: "O próprio Göring inspeciona meu escritório e me acena com a cabeça, o que infelizmente me alegra muito, apesar de eu pensar: 'Seu gordo nojento!'".

Saboreando a sua vergonha pelo elogio recebido, nosso herói — empregando o mesmo método do dono da fábrica, que só conseguia ficar de pé ao mirar o pé aleijado de Goebbels — pensa na figura ridícula de Göring e se rebaixa ainda mais.

Mas esse herói, que se envergonha e se alegra por suas ações, um herói que carrega duas almas, uma contra e a outra a favor do sistema que o envolve, não estava isolado. O próximo sonho descreve de forma muito precisa os sentimentos complicados e complexos desse tipo humano que oscila entre o sim e o não, irrefutavelmente criado pelas circunstâncias. Em 1934, um médico oftalmologista de 45 anos sonhou:

> A SA instala arames farpados nas janelas dos hospitais. Jurei para mim mesmo que não admitiria isso em minha seção, caso chegassem com seu arame farpado. Mas acabo permitindo que o façam e fico ali, a caricatura de um médico, enquanto eles quebram os vidros e transformam um quarto de hospital em campo de concen-

---

* Karl Valentin (1882-1948), dramaturgo e comediante bávaro.

tração com arames farpados. Mesmo assim, sou demitido. Porém, sou chamado de volta para cuidar de Hitler, pois sou o único no mundo que pode fazê-lo: fico tão envergonhado de meu orgulho que começo a chorar.

O médico acordou totalmente acabado, como acontece frequentemente quando se chora em sonho. Durante a madrugada, pensou sobre o sonho e encontrou sua causa premente, também muito esclarecedora para o quadro geral: na véspera, um de seus assistentes fora trabalhar na clínica com um uniforme da SA, e ele, apesar de revoltado, não protestou. Dorme de novo e sonha:

> Estou em um campo de concentração, mas todos os prisioneiros passam muito bem, participando de jantares e assistindo a peças teatrais. Penso que é muito exagerado o que se ouve sobre os campos e então me olho no espelho: uso o uniforme de um médico de campo de concentração e botas altas especiais, que cintilam de tão brilhantes. Encosto-me no arame farpado e começo a chorar de novo.

Esse médico precisa da palavra caricatura para definir a si mesmo — e é isso o que ele é, uma caricatura traçada precisa e friamente por um lápis em seu interior, no esforço de conciliar o inconciliável. No primeiro sonho, ele vê o perigo que existe no silenciar e a relação entre a inação e o crime. No segundo sonho, sob o lema "Tudo é falso", ele se tornou cúmplice das forças que odeia: sua imagem no espelho contradiz a imagem que ele quer ter de si mesmo, no entanto suas botas altas brilham de forma tentadora. Cheio de vergonha, ele se conduz, em ambos os sonhos, a uma categoria em que não quer estar; ao mesmo tempo realiza, cheio de orgulho, o desejo de ser incluído (do qual trataremos minuciosamente mais adiante).

O médico conta ainda que, no primeiro sonho, ele se ocupara obstinadamente da palavra *Stacheldraht* [arame farpado] (elemento que desempenha um papel tão proeminente em seus dois sonhos); primeiro ele pensou em *Krachelstaat*, depois em *Drachelstaat*,[7] mas (apesar de toda a desconstrução joyciana da palavra) não pensou em *Drachensaat*,* palavra à qual, segundo ele, queria chegar, para mostrar as perigosas consequências que arames farpados e cacos de vidro poderiam ter para deficientes visuais.

Como se sabe, a história da SA e dos cacos de vidro aconteceu muitos anos depois, em 1938, na Noite dos Cristais. Esse evento contou com detalhes que pareciam ter sido tirados do sonho do oftalmologista: quando os membros da SA destruíram as vitrines de todas as lojas judaicas, eles também quebraram, no oeste de Berlim, os vidros da pequena loja de um cego, que foi tirado de sua cama e obrigado a caminhar de pijama sobre os cacos. Aqui se vê mais uma vez que esses sonhos se mantinham na esfera do possível, ou melhor, do impossível, que estava prestes a se tornar realidade.

---

* *Drachensaat* ("semente de dragão", no sentido literal) significa "pomo da discórdia".

O coro ou "Não dá para fazer nada"

> *Vi os assassinos e vi as vítimas.*
> *Desprovido só de coragem, não de*
> *piedade...*[1]
>
> Bertolt Brecht

> *Sim, mas esse é, portanto, o medo secundário,*
> *o verdadeiro medo é o medo do motivo da*
> *aparição.*
> *E esse medo permanece.*[2]
>
> Franz Kafka

O médico que, no sonho, luta contra o dragão do arame farpado não tinha feito nada, apenas se absteve de fazer qualquer coisa, o que o torturava. Uma secretária com cerca de trinta anos também não havia feito nada, mas a ela fizeram algo efetivo e bem definido: filha de um casamento misto, seu pai cristão havia morrido e ela vivia junto com sua mãe querida, judia. Quando, após o decreto das Leis Raciais, no inverno entre 1936 e 1937, a situação se agravou ainda mais, a secretária passou a ter uma série de sonhos breves e variados, todos focados na ideia de se distanciar ou se livrar da mãe. O *Diktat* legal não só a tornara oficialmente mestiça, como também provocara nela, em vez de indignação contra os legisladores, sentimentos confusos a respeito da única pessoa próxima a ela e a quem nunca pensara abandonar. Isso a apavorava, o que ela, porém, não negava (ela chegou a falar espontaneamente sobre isso com o médico que cuidava de sua bronquite).

O primeiro sonho da secretária:

Estou viajando com minha mãe para as montanhas. "Logo todos nós teremos que viver nas montanhas", diz ela. [Na época, as deportações estavam ainda longe de acontecer.] "Você, sim", respondo, "eu, não" — eu a odeio e me desprezo.

O segundo sonho:

Estou sentada com minha mãe em um restaurante, embaixo de uma placa em que se lê "Fora, parasitas". Quero lhe agradar, mas sofro muito e a odeio, enquanto ela está ali, sentada, tomando seu chocolate quente. [Naquela época, ainda não havia nos restaurantes as placas "Judeus são indesejados", mas a secretária, por causa de sua situação pessoal, conhece tão bem o problema dos "inimigos objetivos" e dos "grupos indesejados" que chega a antecipar os detalhes dos métodos que viriam a ser utilizados para combatê-los.]

O terceiro sonho:

Preciso fugir com minha mãe. Corremos como loucas. Ela não aguenta mais. Coloco-a sobre minhas costas e continuo a correr. O peso dela me faz sofrer de uma maneira indescritível. Depois de muito tempo, percebo que estou me martirizando com uma morta. Um sentimento horrível de alívio toma conta de mim.

O quarto sonho:

Sonho que tenho um filho com um ariano, mas a mãe dele quer tirá-lo de mim, pois não sou uma ariana pura. "Depois que minha mãe morreu", grito, "nenhum de vocês pode mais me prejudicar."

Falar aqui (como alguns provavelmente tentarão fazer) de um ódio latente e reprimido da filha em relação à mãe e de um anseio por vê-la morrer, que teria encontrado nas circunstâncias de então um meio de se expressar, seria inadequado em face do dilema real da existência no Estado coercivo em que a política obrigava a secretária a viver: seria considerar (nas palavras de Karl Jaspers) "o absurdo existencial da interpretação dos sonhos" como "tendência de oprimir a pessoa".[3] Os quatro curtos sonhos dessa mulher, seja do ponto de vista político ou puramente humano, mostram, por uma nova perspectiva, aquilo que já tínhamos visto: a que extremos da vida interior da pessoa pode chegar a intromissão do público no âmbito privado; como ela reage, nas zonas sombrias de sua interioridade, quando pressões vindas do alto tornam difícil amar seu próximo, até mesmo os familiares, e viver junto a ele.

O sonho de uma estudante de 21 anos, que realmente fez algo por pressão das Leis Raciais e de sua família (em 1935, ela desistiu de se casar com o namorado, um advogado judeu), é como um protocolo do caso Ciência versus Consciência. Ela anotou o sonho de madrugada por iniciativa própria, para não esquecer seus detalhes. Ei-lo a seguir:

> Uma sala de aula grande, muito grande, como um auditório. Estou no canto esquerdo, no banco mais atrás. Na nossa frente, sobre um pódio elevado, está o diretor da escola, em cujas feições se misturam as do meu antigo diretor e as de Hitler. Ele é chamado também *Diktierer** e estamos tendo uma aula sobre raças.
>
> Ao lado do *Diktierer*, mas não no pódio, e de frente para a classe está Paul (assim se chamava meu namorado), como objeto de demonstração. O *Diktierer* passeia com a vara sobre seu rosto,

---

* Ao chamar o diretor da escola de "Diktierer", termo que não existe em alemão, a sonhadora faz um jogo com a palavra "Diktator" (ditador). "Diktierer" também lembra o verbo *diktieren*, que significa "ditar", "pronunciar".

como se fosse um mapa. Quando pergunta que características inferiores estão presentes nas feições do objeto de demonstração, um homem idoso e discreto sentado ao meu lado responde no meu lugar: "Mas esse senhor doutor é uma pessoa muito honesta" (a frase de consolação típica que pessoas bem-intencionadas frequentemente nos diziam). Ouvem-se na classe murmúrios de assentimento. O rosto do *Diktierer* ganha uma expressão sarcástica e ele diz (com que imitação exata da ironia professoral eu sonhei): "É mesmo? Pois esse senhor doutor, supostamente honesto, acabou de manifestar para mim seu desagrado no tocante a uma eventual anexação da Áustria".

Percebo que devo agir se quiser salvar Paul, cujo rosto comovente e pálido como a morte não paro de olhar, ali, junto ao *Diktierer*, mas mais embaixo. Dou um pulo, disparo pelos bancos até o meio da classe e grito: "Não costumo dizer nada (uma formulação típica, ouvida tantas vezes, para introduzir uma pequena contradição: por que estou dizendo isso neste momento?), mas isso não é verdade, não é verdade".

Espero murmúrios de assentimento mais fortes que os anteriores, mas o que predomina no auditório é um silêncio gélido — e rostos mudos e inexpressivos. O *Diktierer* ri com frieza e de maneira sarcástica. Ando mais alguns passos rumo ao pódio e grito: "Todos, todos aqui me disseram em particular que essa era também a sua opinião. Paul é uma pessoa muito honrada, que foi tratada injustamente". E acrescento, contra minha vontade, embora não quisesse fazer nenhuma crítica: "Nem todos são heróis nesta *sua* classe".

Então, surge um sinal de reflexão e de humanidade no rosto do *Diktierer* lá em cima. Mas isso dura apenas alguns segundos. Logo depois ele retoma sua aparência fria. A situação é perigosa para Paul — e também para mim. Isso fica totalmente claro quando vejo a cara sarcástica do *Diktierer* lá no alto, a palidez de Paul, abaixo, e a classe muda, atrás de mim.

Eis que lá fora, em frente à janela ao lado daquele comovente rosto pálido, aparece um feixe de luz azul. O feixe atravessa a janela vagarosamente e vai em direção ao *Diktierer*, envolve-o, flutua por cima dele, de sua classe, vem em minha direção e também me cobre. Nesse momento a classe muda recupera sua voz. "Um milagre", murmuram todos, "um milagre." O *Diktierer* parece muito inseguro.

Um milagre — é o que eu também penso por um momento.

Minha amiga Eva, então, sussurra-me ao ouvido, com sua voz aguda: "Não dá para fazer nada, pois a luz dura só um instante e logo se apagará. É o jeito daquela tia esquisita de nos convidar para um café". (Na realidade, a empregada acendera a luz detrás da porta de vidro do meu quarto e, com isso, me despertara.)

O que acontece aqui, nessa autocrítica cruel feita por alguém que sabe que teve tanto sua vida em geral como sua experiência particular praticamente destruídas por uma ordem estatal obrigando-a a realizar determinada ação? Quando a estudante transfere seu sonho para uma enorme sala de aula, não se trata de nenhuma dissimulação: realmente havia nas escolas aulas sobre as raças com demonstrações com objetos vivos. Como no caso de outros sonhadores, ela apenas inclui o público, que de fato faz parte de sua vida, quando ela conta para si mesma, de madrugada, sua dolorosa história. Essa história, em que se mesclam ação e hesitação, vergonha e reações íntimas, contém tudo aquilo que já havíamos encontrado nos anti-heróis — e algumas coisas mais. Apesar de tentar fazer algo, a estudante parece, no fundo, querer apresentar o que ela não faz e o que ela não é; seu ato de resistência começa com a frase "não costumo dizer nada"; o homem que está ao seu lado, apesar de "idoso e discreto", é mais corajoso do que ela, que o elege como porta-voz — o que já conhecemos de sonhos anteriores, assim como conhecemos o comportamento da multidão com "rostos mudos e inexpressivos". A estudante engendra em seu sonho até mesmo o recuo da autoridade perante o ato de resistência, além da "luz azul", uma forma conveniente de se enganar, até que o regente do coro se ergue com o seguinte argumento: *Não dá para fazer nada*.

Na mesma época, essa estudante teve um sonho no qual empregava instintivamente, além do "não costumo dizer nada", os argumentos do adversário:

> Meu namorado quer pedir ao seu estagiário que volte a trabalhar com ele no escritório, apesar das Leis Raciais. E então partimos para o campo, em direção a Caputh,* se não me engano. Meu sonho era em cores, mas os pinheiros estavam bem acinzentados. Permaneço sentada no carro — até mesmo o pequeno DKW preto de Paul parece cinza, de tão sujo —,[4] enquanto meu namorado se dirige a pé até a casa onde mora o estagiário. Sua mãe está sentada na frente da porta com duas outras mulheres. Acredito que ela virá em minha direção, sorridente e submissa (como aconteceu uma vez na realidade, quando passamos por acaso perto dessa casa). Em vez disso, ela imediatamente começa a berrar, enquanto parece querer, junto com as outras mulheres, agredir Paul. Quero sair do carro para protegê-lo e evitar o pior; em vez disso, enquanto nos afastamos, ouço-me gritar o que eles, os nazistas, definiram como medidas de abrandamento das Leis Raciais: "Ele foi para a guerra aos dezoito anos, seu pai morreu com ferimentos de guerra e todos os seus irmãos estiveram na guerra". Foi uma cena vergonhosa, quase impossível de esquecer.

Depois disso, a estudante teve, durante meses, sempre o mesmo sonho:

---

* Vilarejo a sudoeste de Berlim.

Meu namorado é atacado e eu não o ajudo. Ele é levado em uma maca e tem o mesmo rosto pálido e comovente da aula sobre raças. Mas seu corpo é um esqueleto — e apenas no lugar do pescoço resta, dependurado, um pedaço de carne que sangra. Digo para mim mesma, tentando me consolar: "Mas isso é propaganda, é um cartaz antigo contra Hitler". [Em 1932 existiu um cartaz assim, contra Hitler, em que se mostrava um esqueleto.][5]

Os sonhos da estudante são um bom exemplo do processo de inversão no âmbito da propaganda, já mostrado no sonho do médico que tenta acreditar que se realizam peças teatrais e jantares nos campos de concentração. Para "evitar o pior", a estudante passa inicialmente a usar os argumentos do adversário e, por fim, considera a atrocidade uma contrapropaganda. Sabemos que nada era impossível para essa propaganda, desvinculada de regras legais ou morais: ela sabia provocar acontecimentos sempre que precisava deles. Sabia ainda, como aos poucos veremos aqui, agir no interior das pessoas contra as quais se dirigia, até que se apagasse também aqui o limite entre a vítima da propaganda e o propagandista, levando o que era sugestão a se transformar em autossugestão.

Doutrinas que se tornam autônomas ou "Os morenos no reino dos loiros"

> *Não se trata mais do fato de que olhos azuis, cabelos loiros e um metro e setenta de altura sejam realmente garantia de qualidades superiores, mas sim de que se possa organizar pessoas com essas e outras características até o ponto em que ninguém mais se lembre se essa diferenciação faz sentido ou não. Uma operação aparentemente pequena, mas na verdade decisiva, em que as opiniões ideológicas são levadas a sério.*[1]
>
> Hannah Arendt

> *Pois uma alma nórdica, um espírito nórdico e um caráter nórdico só podem habitar um corpo nórdico.*[2]
>
> Heinrich Himmler

Quando, no reino imaginário dos sonhos, não são mais as práticas do Terceiro Reich que produzem sonhos, mas as ficções totalitárias chamadas de teorias, nas quais ele se baseia; quando não mais o terror, as proibições, os artigos da lei, ou seja, alguma coisa factual forma o ensejo do sonho, mas doutrinas fantásticas, então o sonho assim motivado se torna uma parábola sobre a esquizofrenia da realidade totalitária. Quando a teoria da superioridade da raça loira busca, durante a noite, suas vítimas entre os morenos ou aqueles com outras características externas diferentes da reconhecida oficialmente, isso não é apenas, como no caso dos sonhos com os slogans propagandísticos, uma prova do que meras repetições podem provocar, mas também uma alegoria do imaginário, do fictício e do sintético da realidade totalitária. (Até onde consigo ver, um motivo estranho e macabro — ou puro humor negro — que a literatura até agora deixou escapar.)

Uma moça de 22 anos, com um nariz fino e bastante curvo, que destaca seu rosto, acredita aparentemente que todos a consideram judia. Narizes e documentos, documentos e narizes começam a povoar seus sonhos:

> Apresento no Departamento de Comprovação Ariana [que nunca existiu sob esse nome e, independentemente disso, com o qual ela nunca teve a ver] um atestado sobre minha avó, buscado durante meses. O funcionário público, que parece uma estátua de mármore e está sentado atrás de um muro, levanta o braço sobre o muro, pega o documento, rasga-o em pedaços e os queima num forno embutido no muro: "Você ainda é ariana pura?".

Aqui, o acesso à lei não é controlado por nenhum porteiro kafkiano "gentil por natureza",[3] mas por um funcionário público parecido com uma estátua de mármore, sentado atrás de um muro com um forno embutido, e que chama informalmente de "você" qualquer um que não tenha a avó certa.

Mais tarde, ainda que antes da promulgação das Leis Raciais, que — como eu já disse — ela não precisava temer, essa moça trabalhou sua questão do nariz e dos documentos em sonhos longos e épicos, dotando-os de detalhes não só variados e artísticos como também realistas. Apenas o ponto de partida de sua narração era irreal, como no caso de muitas narrativas modernas.

Outro sonho com documentos:

Um tranquilo passeio em família. Minha mãe e eu trazemos um pacote com um bolo e uma pasta com documentos com nossa genealogia. De repente, um grito: eles estão chegando. Cada um dos clientes do café à beira do Havel sabe quem são "eles" e qual é nosso crime. Fugir, fugir, fugir. Procuro um esconderijo no alto. Devo subir na árvore? Ou me esconder em um armário dentro do café? De repente estou deitada embaixo de um monte de cadáveres, sem saber como esses corpos foram parar ali — mas finalmente tenho um bom esconderijo. Felicidade plena, sob um monte de cadáveres e com minha pasta embaixo do braço.

Ela acrescentou que, pouco antes de ter tido o sonho, ficara profundamente impressionada com a descrição que lera sobre um monte de cadáveres na rebelião de Mahdi, em Cartum [capital do Sudão]. Apesar disso, impõe-se o pensamento de que, dez anos mais tarde, durante o extermínio em massa da "solução final", pessoas sem os documentos certos realmente se esconderiam sob montes de cadáveres.

Um sonho com narizes grandes, anotado durante a noite pela moça:

Estou no mar Báltico, em um navio que se deixa levar pela correnteza, mas ninguém sabe onde a viagem vai dar. [Repare que, aqui, ela leva ao pé da letra duas expressões kafkianas em sua forma.] Aonde quer que eu vá, onde quer que eu esteja, carrego comigo uma enorme pasta com documentos; preciso provar que não sou judia, apesar do meu nariz. De repente, os documentos somem. "O mais importante", grito, "o que tenho de mais importante." Ao gritar, descubro que tiraram de mim os documentos; que o comandante do navio os levou premeditadamente. Começo a procurá-los, mas às escondidas e de maneira discreta.

Alguém sussurra para mim: "Não adianta, não dá para fazer isso". [Novamente, como em muitos sonhos, o "não adianta...", "não dá para...".] De repente, vejo meu cachorro, mas ele não está vivo, é uma silhueta fantasmagórica. Também ele foi tirado de mim: era a única coisa que me restara de um tempo antigo, quando eu vivia calmamente e havia alegria em minha vida [de novo, a alegria de vida roubada]. Uma grande cena lacrimosa: tive-o por catorze anos, tempo durante o qual cuidei dele e o protegi [uma analogia aos discursos de Hitler: catorze anos de humilhação].*
Mais uma vez alguém me tranquiliza, sussurrando que eu deveria fechar a boca: é só não chamar a atenção.

Nesse momento acordo de tanto susto, mas adormeço de novo e continuo a sonhar. O clima no navio torna-se cada vez mais pavoroso, ninguém tem coragem de se sentar em lugar algum e todos se perguntam, a cada passo: "O senhor está contra mim? Está me examinando?".

Estou sozinha com um belo oficial, que é loiro e pertence, portanto, ao tipo certo de gente. Constrangido, ele se dirige a mim. Pergunto-lhe sobre o desaparecimento dos documentos e ele fica ainda mais constrangido: confirmou-se que eu deveria ser fuzilada. Peço-lhe que me deixe fugir. Ele diz: "De modo algum". Desesperada, começo a flertar com ele e a beijá-lo. Ele diz: "Que pena, com esses lábios tão vermelhos...". De repente descubro que estou em um navio dinamarquês. Decidimos que devo nadar até a costa alemã, que está atrás de nós. Quero voltar, apesar de tudo.

Pulo na água, escondo-me em um dos barracões de madeira que existem debaixo d'água e vejo passar muitos grupos de caminhada da Juventude Hitlerista — como gostaria de caminhar junto com eles!

---

* O período da República de Weimar, entre 1919 e 1933, quando, na opinião de Hitler, a Alemanha se submetera às rígidas prerrogativas do Tratado de Versalhes.

Em terra. Profundamente feliz, reconheço os uniformes da alfândega alemã. Estou salva. Mas então vejo minha família desembarcando. Minha mãe, minha avó e também minha tia. "Mas, e meu tio", pergunto-me, "onde está o tio?" "Mataram-no; mataram todos aqueles que tinham *nariz suspeito*, apenas os insuspeitos foram transferidos para os barcos." Choro e grito: "Tio!". Ao mesmo tempo, vejo o pai de um amigo de infância ler uma carta de despedida de seu filho, que também tinha um nariz grande.

Enquanto isso, mais e mais insuspeitos são levados para terra, assim como os seus pertences. Também minhas roupas, meus vestidos. Mas não meus documentos nem meu cachorro: é óbvio, penso, pois faço parte dos fuzilados. Já durante o sonho me ocorre a ideia de que devo anotá-lo.

"Sobre a vã tentativa de se deixar levar pela correnteza" — esse poderia ser o título desse sonho, que contém, em meio aos temas habituais do medo e da fuga tratados em metáforas atuais, uma abundância de desejos confessos e velados: o vaivém entre os grupos, o querer fazer parte de um grupo e seguir o movimento — todos esses motivos reencontraremos mais tarde no caso daqueles que estariam apenas imaginando pertencer aos "desembarcados" e "fuzilados".

Fiquei tentada a considerar essa moça que delirava a respeito de seu nariz, produto concreto do racismo, como um caso único — o que também seria interessante —, quando recebi uma série de sonhos com o mesmo motivo. Um deles veio de uma jovem com uma aparência diferente: dezenove anos, muito bonita, mas seus cabelos, seus olhos e especialmente sua pele contrastavam totalmente com o tipo loiro. A menina com os cabelos não aceitos pelo Estado não tinha sonhos tão horríveis como a moça com o nariz oficialmente não reconhecido, mas sonhos que eram apenas esboços curtos, que poderiam ser reunidos sob o título "Da vida de uma morena no reino dos loiros", cujo conteúdo é "a inferioridade da raça morena". Aliás, todos os sonhos dessa categoria com os quais entrei em contato vieram de mulheres, sobretudo jovens, que talvez fossem mais sensíveis do que os homens no que se refere à aparência.

O primeiro fragmento de sonho da morena:

> Entro em uma loja. Temerosa, olho para a vendedora loira clara, de olhos azuis, e não falo uma palavra. Então percebo, aliviada, que ela pelo menos tem sobrancelhas negras. Por isso, ouso dizer: "Gostaria de comprar um par de meias".

O segundo fragmento de sonho:

> Em um grupo cheio de loiros de olhos azuis, uma criança de dois anos, que ainda não sabe falar, abre a boca e me diz: "Mas *a senhora* não faz parte".

Vemos que a ideologia do racismo, impelida pelo terror e pela propaganda, realmente tem um grande efeito sobre o cérebro de nossa jovem, que constrói um novo mundo de loiros, povoando-o com monstros loiros amenizados por sobrancelhas negras ou com bebês-monstros loiros, como se ela soubesse que só é possível enfrentar ideias absurdamente estranhas e assassinas com comicidade e loucura (da mesma forma que os adeptos do humor negro mostram hoje o efeito absurdamente cômico da bomba atômica).

Em seu terceiro fragmento de sonho, ela trabalha não apenas a superioridade dos loiros como também a superioridade do grupo sobre o indivíduo:

Estou em um evento esportivo. Entre os espectadores, formam-se dois grupos: um de loiros com olhos azuis, outro de morenos — são os estrangeiros. [De novo aparece o estrangeiro como única oposição.] Os grupos começam a se xingar, se empurrar e se bater. Os morenos marcham unidos. Marcho um pouco separada deles, porém os sigo [ela consegue então participar]. Enquanto isso, penso: "Acho essas pessoas tão horríveis, mas na hora da verdade busco nelas proteção, como se corresse para debaixo de um guarda-chuva". Estou entre duas cadeiras, sem pertencer a nenhum lugar.

Entretanto, ela quer fazer parte de algum lugar — agora ela sonha mais com grupos. Seu quarto sonho:

Sobre uma mesa estão dois passaportes — e eu tenho muita vontade de pegá-los para poder fugir de tudo. Eu os pego, mas, depois de um conflito interno, coloco-os ali de novo, dizendo-me: "Não posso fazer nada que recaia sobre meu grupo, pois todos os morenos serão castigados se um fizer algo proibido". [Tais castigos em grupo fizeram parte, como se provou, dos métodos frequentemente usados em campos de concentração.]

No quinto e último sonho, o desejo de suportar, não sozinha mas coletivamente, o destino de ser morena se exprime de modo grotesco por um meio de expressão coletivo, o coro: "Sonho que não consigo mais falar sozinha, só em coro, com meu grupo".
"Meu anseio vê apenas/ loiro e cores azuis"[4] — assim cantara Liliencron trinta anos antes, pois ele amava *uma* moça loira. Agora evidentemente milhares de pessoas cantam isso em seu interior, pois só havia *um* tipo de raça. Se continuarmos, o leitor provavelmente ficará enjoado de tanto loiro e azul, mas nesse caso não podemos poupá-lo de repetições monótonas. A quantidade de conflitos estereotipados entre morenos e loiros

mostra como a transformação de um tipo em mito — não a estabelecida por lei e imposta pelo terror, mas a que se propaga irrefletidamente — faz com que o tipo diferente, ou seja, um adversário por natureza, se adapte e se sinta de fato como uma "sub-raça". A tirania da ideologia dominante produz uma autotirania entre as vítimas, como vimos em outros lugares (no caso dos fornos e das almofadas delatoras).

Outra jovem, acostumada a ouvir desde criança que tem cabelos negros, sonhou pela primeira vez:

Domingo no Tiergarten.* Passantes loiros por todos os lados. Ouço alguém dizer ao seu acompanhante: "Emma não se entende com seus inquilinos, que roubam como..." — e então sinto, com uma vergonha profunda, que ele dirá "... como os de cabelo bem preto" — e ele acaba dizendo.

Na segunda vez:

Fritz, que tem cabelos e olhos negros, luta com um loiro. Apesar de eu saber que é idiotice, pois ele tem que perder, apesar de eu saber que ele me dá pena, observo a cena com alegria e prazer. Pelo menos ele tentou defender os morenos. No final, ele está morto. Sonho frequentemente com isso, com pequenas alterações.

Na terceira vez:

Uma jovem loira, ainda um pouco criança, dirige-me a palavra na rua, perguntando se quero sair com ela à noite. Olho silenciosa e penetrantemente para a simpática adolescente: "Será que ela tem os cabelos tingidos? Será que ela não tem um sentimento de raça?

---

* Parque público no centro de Berlim.

O que ela realmente quer, qual seu objetivo, que segundas intenções tem ao dirigir a palavra a uma morena?". A loira responde, sem eu ter perguntado: "Ainda podemos convidar alguém para sair, se a pessoa nos agrada".

Esse sonho contém — fora o memorável monólogo interior — o momento surpreendente em que a sonhadora "sabe" que o gosto não convencional de cada um é um critério individual, que não é adaptado; ela aprende com uma moça mais jovem que o fato de "uma pessoa nos agradar" já é um bom motivo para conviver com ela. Ao ser perguntada sobre o que pensa do sonho, ela deu uma resposta também surpreendente: "Perdi muito da minha autoconfiança". Ela "sabia", então, que, no fundo, se tratava aqui de uma questão interna sua.

Em um sonho de escola, outra jovem bem morena cria um "grupo dos desprezados" com pessoas de cabelos escuros — provavelmente uma reminiscência pessoal, pois achava que a pedra angular de seu delírio se encontrava na escola, desde que lhe ensinaram que ela pertenceria à raça dinárica[*] e que ela passou a invejar os loiros do primeiro ano. Seu sonho:

Progressivamente, os loiros proíbem tudo a nós, os dináricos. Em primeiro lugar, não podemos mais nos sentar ao lado deles. Além disso, não podemos sair com eles durante o recreio. O pior é que isso não vem de cima, dos professores, mas dos próprios alunos loiros — alguns carregam inclusive um distintivo dizendo: "Não dinárico". Por fim, quando nos sentamos juntos, com um sentimento de abandono, e cozinhamos arroz e compota sobre um fogarei-

---

[*] Termo utilizado no início do século 20 para caracterizar grupos étnicos do Sudeste europeu, na região dos Alpes dináricos. Para os nazistas, seguindo a classificação de Hans F. K. Günther, era um dos subtipos da raça ariana.

ro a álcool — pois também não podemos sair para comer —, as faxineiras, que se comportam melhor do que nossos colegas, nos contam sobre um boato: sem citar nomes, dizem que é preciso esperar o pior, pois, aparentemente, os loiros querem acabar com a gente. Depois do boato, aparece uma lista oficial com os nomes de todos os membros do "grupo dos desprezados" de todas as classes. Também informam por escrito o motivo daquela ação: tínhamos ousado escrever uma carta aos outros, aos loiros não desprezados, por causa de um livro que lhes emprestamos e queríamos de volta. Nosso verdadeiro crime, porém, não consiste nisso, mas no fato de que nós, os morenos, tínhamos escrito para os loiros. Em seguida, preciso fugir e pedras são atiradas em minha direção.

Esse sonho do "grupo dos desprezados" trata do tema com novos detalhes conclusivos: acirrar antagonismos naturais, criar antagonismos artificiais, formar grupos nocivos ou de elite e jogar um contra o outro são princípios básicos da ditadura totalitária — isso é percebido no sonho por uma jovem, só porque seu cabelo e sua pele têm cores diferentes das do grupo eleito como biologicamente superior.

Ideias semelhantes de culpa por parte de grupos e famílias assombraram também mentes que tinham outros motivos, menos imaginários, para se sentirem, na condição de membros pertencentes a uma categoria, "representantes" de uma tendência.

A aluna de uma escola, cujo pai havia sido comunista, tinha um sonho-padrão: "Toda prova e todo boletim que recebo vêm com a seguinte nota: 'Muito bom, mas insuficiente, pois é subversivo'".

Parece que esse velho sonho com escola e exames, em muitas variações, é recorrente entre adultos — nesse caso realmente sonhado por uma aluna, que vivia nesse ambiente. Sonhos assim me foram contados várias vezes. Por exemplo: "Vou reprová-la, porque você segue a Igreja... porque você, ideologi-

camente, é inaceitável". Ou, como aparece fixado no quadro-
-negro de uma universidade (e parece outra vez uma cena de
cabaré): "Fulano está reprovado por ser um inimigo do povo".
Aqui se misturam de novo, nos sonhos, os slogans, cartazes e
avisos que encontramos nas empresas.

Pessoas atuantes ou "Basta querer"

> *Se a assimilação psicológica do campo* [de concentração] *deu resultado* [...], *isso se deveu quase exclusivamente à força do caráter ou à existência — ou inexistência — de concepções religiosas, políticas e humanitárias.*[1]
> Eugen Kogon

> *E o que os move não é a valentia,*
> *e sim uma palavra vazia de seu soberano!*
> *Protejam seus bens!*[2]
> Goethe

Em seu sonho, um estudante definiu a vaga formulação "grupo dos desprezados" como "grupo dos suspeitos". O grupo com o qual sonhou não era totalmente imaginário, pois seu irmão fora preso e ele próprio passara por muitas dificuldades em decorrência disso. O estudante sonhou:

> Há um baile em todos os andares de um grande prédio; porém, sentados em um pequeno quarto sob a cobertura estamos nós, o "grupo dos suspeitos" — artistas degenerados, antigos socialistas, parentes de prisioneiros de campos de concentração. Não estamos em trajes de festa e rimos daqueles que chegam lá embaixo, de fraque e uniforme. Desço furtivamente alguns andares e ouço: "Há tão alta tensão por todo o prédio, que começou a pegar fogo na escada que leva para o alto". Grito, no meio da confusão: "É preciso salvar os suspeitos!". Mas todos dão de ombros: "E por que os suspeitos não devem morrer queimados?".

O estudante não via que esse "grupo dos suspeitos" representava, de uma forma que poderia ser facilmente compreendida, um dos princípios básicos do governo autoritário, ou seja, a suspeição generalizada, independente do motivo, que pesava sobre essa categoria única sob a qual eram reunidos artistas e parentes de prisioneiros. Entretanto, ele comentou: "Nós, os suspeitos, não nos escondemos no porão, mas nos sentamos lá no alto, sobre a classe dominante que traja uniforme e fraque".

Esse estudante sentiu a prisão do irmão como uma pressão tanto externa como interna. Ele sonhou, por exemplo: "É proibido parecer nervoso, mas eu pareço nervoso". Pensar no irmão, todavia, era algo que lhe dava orgulho e certa firmeza interior. No sonho, o estudante também não se comporta de forma absurda, mas age e faz uma tentativa de salvamento.

Outro homem, cuja idade e cuja posição social desconheço, demonstra o mesmo orgulho quando sonha:

> Estou de repente com o uniforme do *Roter Frontkämpferbund*,* em uma coluna da SA. "Você deve estar sentindo um medo terrível", digo a mim mesmo, mas não tenho medo nem sequer quando arrancam minha roupa e começam a me espancar.

O sonho de uma dona de casa burguesa é bem semelhante:

> Cada noite, esforço-me incessantemente para remover a suástica da bandeira nazista, o que me deixa orgulhosa e feliz, mas, quando chega a manhã, lá está ela de volta, costurada na bandeira.

---

* União dos Combatentes do Front Vermelho: organização paramilitar criada em 1924 e ligada ao Partido Comunista alemão.

O sonho faz referência a uma cena que acontecera na sede da polícia de Berlim, no primeiro dia após a chegada dos nazistas ao poder: toda vez que uma bandeira com a suástica era carregada nos corredores, um grupo de mulheres de operários que esperavam por notícias de seus maridos presos gritava: "Logo tiraremos a suástica daí, e a bandeira voltará a ser vermelha". A dona de casa soube desse episódio por intermédio de alguém que o presenciara. Mas a audácia e a firmeza dessas mulheres no covil dos leões deixaram nela uma impressão tão profunda que, durante a noite, ela se transformou em uma Penélope moderna, agindo com um objetivo que ultrapassava sua personalidade, um objetivo político.

Uma mulher mais velha, costureira, que tinha contato com os Estudantes da Bíblia e era por eles tão influenciada que até na hora da prova das roupas falava incessante e destemidamente sobre sua recusa de prestar juramento ao partido e de sua rejeição a ele, mostrou a mesma firmeza em sonho, narrado aqui com suas palavras:

> Caio constantemente desmaiada na esquina da Kaufhaus des Westens* [um dos lugares mais agitados de Berlim]. Nenhuma das pessoas que passam me ajuda a levantar, nenhuma delas nem sequer olha para mim... "Como é que as pessoas sabem", penso eu, desesperada, em minha impotência, "que elas precisam me deixar aqui, largada, que não precisam cuidar dessa pessoa caída no chão porque sou religiosa?" Elas me deixam caída, mas recolhem uma carta que eu tenho na mão, o que só noto ao me levantar de novo, cambaleante, sem que ninguém se importe em cuidar de mim. Fico aliviada quando percebo que a pessoa mais próxima, uma vende-

---

* KaDeWe (Loja de Departamentos do Ocidente), inaugurada em 1907, é a loja de departamentos mais tradicional de Berlim.

dora de jornais, está sentada em um carrinho, paralisada, e não pode me socorrer.

Uma mulher suspeita por causa de sua crença e a quem as pessoas são obrigadas a deixar no chão, enquanto inspecionam os objetos dela; a consciência de que esse tipo de amor à ordem é suspeito; a defesa do próximo, que é desculpado por estar igualmente paralisado como a que caiu ao chão, desmaiada — a pureza e a clareza dessas imagens, produzidas não por um intelecto arguto, mas por um coração em conformidade com seus sentimentos, são convincentes.

Quanto maior a força de resistência moral e política do indivíduo, menos absurdos e mais positivos se tornam seus sonhos. Tenho à disposição sonhos relatados por pessoas que ofereceram resistência ativa; elas se tornaram, também nos sonhos, pessoas atuantes. Seus sonhos estão em contradição direta com aqueles em que o herói perdeu, até durante o sono, sua capacidade de agir.

Em 1934, a esposa de um homem cuja atividade clandestina fora descoberta, mas que conseguira fugir, atravessando a fronteira, sonhou o seguinte:

> Ele retorna fantasiado de soldado — sonho sempre, naturalmente, que ele volta e está em perigo. "Você vai fracassar", digo-lhe, "pois você não sabe de nada." Corro para um quartel, para roubar para ele instruções de serviço que foram talvez impressas, e reflito se devo costurar uma tira de sargento na sua gola, para que os soldados que ocupam postos mais baixos tenham de saudá-lo de imediato e para que ele não seja parado por fazer a saudação de forma errada, pois, do contrário, vão pedir seus documentos, e os papéis falsos serão descobertos. Ele ri das minhas repreensões, mas se engana ao fazer a primeira saudação. Vejo como ele

coloca a mão de modo totalmente errado na boina sem viseira; mas o soldado que ele cumprimentou simplesmente permanece parado, olhando surpreso.

Mais tarde, ouço que o inevitável aconteceu, que ele foi descoberto. Perguntando aqui e ali, acabo chegando ao local onde ele deve estar: um grande porão, bem vazio. Todos já foram levados dali. Mas um grupo de pessoas que, como eu, procuram alguém [que belo grupo seria este, o de "pessoas que procuram alguém"?] mora perto daquele porão, ao ar livre. Sentadas em fileiras de escrivaninhas de dois lugares, essas pessoas só falam de como aquilo tudo deve ser horrível. Quando digo que "de fora nem parece tão ruim", elas me levam até uma portinhola, na verdade uma fechadura embutida na parede, redonda como a tampa de um barril, sobre a qual se lê: "Local com 7,7 centímetros cúbicos, temperatura de 75 graus". Dou um pontapé na tampa.

Outra vez sonho que alguém me obriga a contar todas as penalidades mais monstruosas que existem. Inventei-as no sonho. [Naquela época, detalhes das atrocidades ainda eram desconhecidos.] Então me vingo com um grito: "Todos os adversários devem morrer".

A mulher desse membro da Resistência vinga-se, dá pontapé em portas, rouba casernas — enfim, ela se defende, ela não é nem um não herói nem uma não pessoa. Medo não é mais motivo para deixar de agir.

Vem de uma mulher com cerca de trinta anos, que ajudava um pequeno grupo a editar e distribuir um jornal ilegal, um sonho muito longo, anotado imediatamente por ela na mesma noite — com mudanças que, dentro do possível, o deixassem irreconhecível, pois ela tinha plena consciência de que ele continha informações. Seu sonho é o mais longo dos que eu coletei e cheio de ações. Um medo justificado e merecido produz frutos, a cada golpe surge um contragolpe. Em 1934, ela sonhou:

No corredor do local onde moro, encontro, enfiados na abertura para cartas da porta, cinco maços de papel, cada um com dez folhetos que trazem apenas cinco palavras. Mas essas cinco palavras, das quais não me lembro, contam de forma muito habilidosa toda uma história: alguém revelou alguma coisa, duas pessoas já morreram em consequência disso e outras ainda deverão morrer.

Inicialmente fico bem tranquila, pois tomo aquilo por uma dessas propagandas que são deixadas nas casas. Então penso: os folhetos medem apenas 3 cm x 4 cm e não são impressos. Também não são feitos como nosso jornal. [Para esse jornal ela gravava as palavras sobre placas de cera; certa vez, durante esse trabalho, a Gestapo entrou por acaso em sua casa; esse susto enorme motivou seu sonho.] Os folhetos eram produzidos em uma máquina de impressão de brinquedo, ou seja, eram destinados a poucas pessoas; provavelmente, para alertar um pequeno grupo. De repente, não são mais cinco maços de folhetos, mas apenas um. De súbito, percebo: já não é possível acreditar que está segura; você está sendo procurada.

Meu sonho tinha diversos atos, como uma peça teatral. Depois de eu ter reconhecido, apesar de minha resistência interna, que os folhetos eram destinados a mim, o segundo ato começou com minhas tentativas de salvação. Procedi de forma bem lógica. Primeiramente, tentei pôr a corrente na porta, mas não consegui, pois os parafusos estavam todos soltos. Então concluí que era chegada a hora de fugir. Espiei pela janela e lá embaixo havia vultos que rondavam em patrulha.

Preciso descer pela sacada, cujos gerânios eu havia pintado de marrom, para camuflá-los — assim ficariam com aspecto outonal, e não de nazistas, penso enquanto pulo. Meu pai se aproxima por trás e me diz: "Você não deve fazer isso, é imprudente". Continuo a descer sem lhe dizer nada: "O que ele sabe de imprudência?", penso. (Obviamente ele não tinha ideia de meu trabalho clandestino.) Pulo de sacada em sacada e, apesar da pressa, rasgo algumas bandeiras com a suástica que encontro enroladas.

Vou parar em um café, embaixo do prédio, entre duas mesas. Ando pelas salas internas; são enormes, cobertas com fotos de Hitler. Enquanto ando, arranco uma delas da parede. E agora? Logo as patrulhas estarão aqui.

Então começa a terceira parte de meu sonho. Vejo dois homens conversando com a cabeça curvada. Minha mente trabalha de maneira rápida e precisa. Aqueles homens sussurrando devem ter algo importante a dizer. Presto atenção, ouço o que um deles diz: "É preciso protestar a letra de câmbio". (Ele fala de letra de câmbio por precaução.) O outro murmura: "Mas não podemos". Acotovelo-me entre eles, coloco minhas mãos à direita e à esquerda sobre seus ombros e grito bem alto: "Somos velhos adversários do partido, precisamos protestar". Ao fazer isso, tenho dois objetivos: o primeiro é apagar meus vestígios, pois estou sendo perseguida e procurada pela patrulha; o segundo é que calculo que os dois precisarão vir comigo logo que eu gritar isso e sair correndo. Precisaremos correr juntos por nossa causa.

Quarto ato. Eles de fato correm ao meu lado, em parte por terem sido provocados, em parte por se julgarem compromissados. Não estou mais sozinha. Sem termos combinado nada, prosseguimos na mesma cadência, com toda a energia possível, correndo através das salas amplas (tais como os salões de festa do zoológico)* com fotos e mais fotos de Hitler: "Somos velhos adversários do partido, precisamos protestar". Depois gritamos apenas: "Precisamos protestar".

As pessoas olham para nós; de início, algumas poucas, depois mais e mais olhares de aprovação. Mas ninguém vem junto conosco. Ao passarmos por corredores, e novamente por salas com

---

* Vários zoológicos antigos alemães possuem restaurantes com salões, que podem ser alugados para festas.

fotos e mais fotos de Hitler, corremos e gritamos: "Precisamos protestar". Estamos demasiadamente concentrados, com todas as nossas forças, pois sabemos que precisamos atrair mais participantes no caminho; caso contrário, perderemos o jogo. Então, na mesma cadência, gritamos e corremos, corremos e gritamos: "Precisamos protestar". Dezenas, centenas de vezes.

Então acordo, totalmente esgotada, ainda repetindo algumas vezes, na mesma cadência: "Precisamos protestar". Volto a repetir isso durante o dia.

Essa mesma mulher, cujos sonhos parecem alegres, apesar de sua situação desesperadora, sonhou o seguinte, em outra ocasião:

Estamos trabalhando sobre as placas de cera. Somos descobertos. Precisamos fugir. Quero esconder o meu dinheiro, mas não tenho um centavo. Corro imediatamente, do jeito que estou, mas alguém que parece um capturador de cães está atrás de mim. Para me acalmar, penso que todos os meus perseguidores são capturadores de cães.

Subo e desço ruas, até chegar finalmente a um pequeno porto, onde um barco me apanha. Tranquila, remando, tudo está maravilhoso. Os camaradas da redação também estão no barco. Um deles diz: "Ou permanecemos no porto, ou precisamos atravessar o mar em direção à China, para daí voltarmos disfarçados de chineses".

Além desse que falou, outros três estão no barco e todos apoiam a façanha. Todos remamos. De repente, outro barco a remo nos detém. De novo aparecem pessoas com boné, os capturadores de cães, que nos puxam para seu barco. O colega que havia falado antes sussurra para mim: "Precisamos arranjar armas". Ele estica a mão e pega um prato, duas facas e um garfo que estão em nosso barco. Uma das facas é de cozinha e tem um defeito: nela falta parte da lâmina. A outra é prateada. Na distribuição das facas, fico com a prateada. Com sua faca de cozinha, ele acerta nas costas um dos capturadores de cães. Com a minha, que horrível, perfuro uma camisa esportiva. Meu camarada diz: "Desculpa". Digo: "Tanto faz se eu olho ou se ajudo". O homem cai.

Vem o próximo; dessa vez, eu ajudo, como seria de se esperar. Assim liquidamos todos, um após o outro. No final, só nos falta um homem, o que conduz o barco. Ele diz: "Agora que todos se foram, posso lhes dizer que só estou aqui porque me obrigaram. Também quero atravessar o mar, levem-me para a China". O homem, que porta um boné, nos parece tão sincero, tão amedrontado, que acreditamos nele.

O homem que conduz o barco, que está ali porque foi obrigado, nós agora o conhecemos bem. Seu aparecimento repentino nesse contexto é uma prova de que a mulher via claramente esse aspecto da situação.

Essa mesma mulher teve ainda um terceiro sonho, outra vez cheio de ação até o final, marcado por um esforço realista de não ceder e perpassado pelas mesmas sombras distorcidas produzidas por seu cotidiano:

Atravesso a pé a fronteira das Montanhas dos Gigantes em direção à Tchecoslováquia, mas só por meia hora; de repente não sei mais qual caminho tomei nem como cheguei lá; só sei que havia álamos que pareciam forcas.

De repente estou em Praga, onde também estão dois camaradas meus: Hilde e Walter. Eles também não sabem o caminho de volta. "Dez dias atrás, atravessei o Krummhübel e o Geiergucke com um monte de material na mochila", digo, gabando-me um pouco. "E há três semanas atravessei o Koppe."* De toda forma,

---

* Krummhübel, Geiergucke (hoje Vyrovka) e Koppe são picos das Montanhas dos Gigantes (Riesengebirge), entre a Polônia e a República Tcheca.

nenhum de nós conhece o caminho, apesar de termos acabado de passar por ele.

Um homem encapuzado aparece e leva os dois camaradas. "Mais tarde chamo a senhora", ele diz para mim. Começo a arrumar minha bolsa e a me preparar para o que vou dizer.

Sou chamada; na minha frente estão uma feirante e uma estenotipista coquete. A feirante falou alguma coisa, mas foi dispensada sem ter sido fichada. Começo a falar. "Conheço a menina desde criança, estudávamos na mesma escola..." O encapuzado sorri ironicamente... "Nada disso adianta, pois um homem da SS, escondido atrás do terraço (o mesmo terraço de gerânios do meu apartamento), ouviu tudo." Passado o susto, respondo prontamente: "O senhor sabe tudo de mim, então posso ir embora". E sou dispensada.

Acordo satisfeita, adormeço de novo e estou mais uma vez em Praga, dessa vez em um teatro de variedades, perguntando-me como voltar. Não conheço o caminho a pé, por isso preciso pegar um trem, mas não tenho passaporte. Alguém então aparece andando pelo teatro com cinco ou seis passaportes na mão, chamando as pessoas a quem deve entregá-los. Quando ele passa, arranco-lhe um de suas mãos. Ao abrir o passaporte, entretanto, vejo que é estoniano, feito para uma mulher de 29 anos. Seria possível usá-lo, mas o passaporte está cheio de anotações, pois a mulher tem um passado político com muitas agravantes. Enquanto ainda folheio o passaporte, eis-me diante de um funcionário da alfândega, na estação de trem, a quem entrego, sorrindo, o passaporte para ser carimbado. "Basta querer", penso — e, apesar de ele franzir a testa, consigo passar.

"Precisamos protestar"; "Basta querer"; "Consigo passar" — esses dizeres contrastam com o "O que podemos fazer?", que ouvimos em tantos tons e em tantos textos. Um sonho que Sophie

Scholl* teve em 1943, às vésperas de sua execução, mostra-nos que, nas conclusões desses sonhos, nada é simples coincidência ou especulação. Sentada sobre o leito, Sophie contou para uma companheira de cela:

> Em um dia ensolarado, levei para batizar uma criança, que trajava uma longa túnica branca. O caminho até a igreja passava por uma montanha íngreme. Mas eu levava a criança de maneira firme e segura em meus braços. De repente apareceu diante de mim uma fenda glacial.[3] Só tive tempo de colocar a criança do outro lado, antes de eu despencar nas profundezas.

Ela logo tentou explicar à sua companheira de prisão o sentido desse simples sonho: "A criança é a nossa ideia, que vai se impor, apesar de todos os obstáculos. Nós somos os pioneiros, que devemos morrer por essa ideia".[4]

Eis um sonho transcendente, com símbolos luminosos, tal como o sonho do herói no drama clássico alemão com seus clássicos dilemas morais.

Portanto, podemos permitir aos sonhadores dessa última categoria — que tanto se diferenciam daqueles das categorias anteriores, e que não se parodiam nem se degradam, que não transcendem o seu mundo do lado de cá, mas também não o distorcem — que assim o façam, pois, no espelho de sua consciência, eles não se veem distorcidos.

---

* Sophie Magdalena Scholl, alemã e membro da Rosa Branca, movimento de resistência ao nazismo, foi acusada de traição e guilhotinada aos 21 anos, junto com seu irmão, Hans, de 24 anos.

Desejos velados ou "Parada final: *Heil*"

> *Via aqueles homens para cima e para baixo, sempre os mesmos rostos, os mesmos movimentos, muitas vezes me parecendo que eram apenas um. Aquele homem ou aqueles homens andavam, pois, sem impedimentos. [...] E eu aprendi, meus senhores. Ah, aprende-se quando é preciso; aprende-se quando se quer uma saída; aprende-se sem piedade. Fiscaliza-se a si mesmo com o chicote; dilacera-se a própria carne à menor resistência.*[1]
>
> Franz Kafka

Porque sonhou ter matado o tirano Dionísio,[2] Mársias foi condenado à morte, como relata Plutarco.

Ouvi apenas um caso de tiranicídio em sonho:

> Sonho frequentemente que voo sobre Nuremberg, pesco Hitler com um laço, tirando-o do meio de um congresso do partido, e o afundo no mar entre a Inglaterra e a Alemanha. Às vezes continuo a voar em direção à Inglaterra e conto para o governo, até mesmo para Churchill, onde Hitler foi parar e que fui eu que o fiz.

Quem sonhou esse tiranicídio bem moderno, antecedido pelo sequestro do tirano quando este se encontrava entre seus homens e sua gente, foi um jornalista de cerca de 35 anos. Mas ele estava livre, pois havia emigrado para Praga, tinha então a liberdade para sonhar. Isso não significa que, dentro da Alemanha, ninguém nunca tenha desejado, em sonho, matar Hitler.

Todavia, apesar de os motivos dos sonhos que eu coletei se repetirem com tanta frequência, a ponto de tirarmos conclusões sobre a tipicidade dos acontecimentos descritos, o único atentado em sonho contra Hitler que chegou ao meu conhecimento desenrolou-se no exterior. Os desejos típicos realizados em sonho pelas pessoas que viviam sob o ditame totalitário eram diferentes. Eles voltavam-se, o que é compreensível, aos que seguiam juntos, aos que marchavam juntos, aos que participavam [do sistema].

Os sonhos de medo e de recusa que vimos até agora, marcados pelo dar de ombros e por declarações como "Não dá para fazer nada" ou "Nada disso adianta", jogam luz sobre o que aconteceu às pessoas durante seu alinhamento* ao totalitarismo. Por sua vez, a hesitação presente nos sonhos de desejos velados — pois não se trata aqui de partidários entusiasmados, mas de pessoas que se adaptaram lentamente às circunstâncias — permite-nos examinar um processo que hoje se mostra tão difícil de ser reconstituído: como o alinhamento ao totalitarismo foi preparado pelo indivíduo complacente, ao mesmo tempo que a ele se dirigia.

Tenho em mãos cinco sonhos desse tipo, que não só apresentam, dentro de diversas situações imagináveis, um padrão psicológico idêntico como terminam da mesma forma.

O primeiro desses sonhos, tido por um homem na casa dos trinta anos, que o anotou na mesma madrugada, é assim:

> Aos domingos, preciso ir à estação [de metrô] Zoológico coletar
> doações para os nazistas. Penso comigo: "Ah, quero passar o dia

---

* Aqui a autora emprega o termo *Gleichschaltung*, usado em alemão para definir o processo, imposto por Hitler, de alinhamento dos cidadãos e de instituições públicas e privadas ao regime.

tranquilo, então, em vez da caixa de coleta, vou levar uma manta e um travesseiro, para ficar sem fazer nada".

Uma hora depois, entretanto, aparece Hitler. Ele usa botas de cano alto envernizadas e brilhantes, como as de um domador, mas também calças de cetim lilás amassadas e muito cintilantes, como as de um palhaço de circo.

Hitler dirige-se a um grupo de crianças e, fazendo gestos artificiais e exagerados, inclina-se para elas. Então, vira-se, de uma maneira bem diferente, com uma postura ereta, para um grupo de adolescentes. Depois vai em direção a um círculo de velhas solteironas, dessas que se encontram para tomar chá, e, entre elas, se faz brincalhão (quis talvez expressar que Hitler vasculha os mais diferentes grupos da comunidade do povo,* sempre com gestos calculados).

Debaixo do cobertor, sinto-me incomodado e tenho medo; ele vai se aproximar de mim, vai me tomar por um representante do *grupo das pessoas que fingem dormir* e vai perceber que eu não trouxe nenhuma caixa de coleta. Imagino momentaneamente que resposta heroica devo ter à mão, algo como: "Sou obrigado a estar aqui, mas sei dos campos de concentração e sou contra eles".

Hitler continua a dar sua volta. Ora essa, as outras pessoas não têm medo algum — uma delas até mantém seu cigarro na boca enquanto conversa com ele, e muitas dão risadas!

Meu tempo previsto de coleta chega ao fim. Pego a manta e o travesseiro e desço a grande escadaria da estação. Ao chegar lá embaixo, olho para cima. Hitler está lá e, no fim de sua aparição, canta um trecho da ópera *Mágica* (muitos chamavam de "mágico" o que ele fazia), sempre com seus gestos exagerados, destinados a impressionar o público.

---

* Aqui, a palavra usada em alemão é *Volksgemeinschaft* — termo adotado pelos nazistas para designar a comunidade ariana harmoniosa e livre de conflitos e sem a participação de raças tidas como inferiores, tais como almejavam.

Todos aplaudem, ele se inclina e desce a escadaria correndo, suas calças lilás de circo chamam outra vez minha atenção (durante o dia eu havia lido que lilás é a cor do luto na Inglaterra; ou seja, eu não estava apenas vendo-o como palhaço, mas também o relacionando a morte e luto).

Olho em volta, perguntando-me onde está sua famosa guarda de proteção, mas vejo que Hitler trouxe apenas um motorista à paisana. Ele se dirige à chapelaria, como todos os demais, espera pacientemente até chegar a sua vez e recebe seu casaco... Talvez ele não seja assim tão ruim... Talvez seja em vão o meu esforço de ser contra ele.

De repente percebo que, em vez do travesseiro e da manta, o que tenho nas mãos é uma caixa de coleta.

Esse sonho parece saído de um manual sobre a tipologia do processo de adaptação. O homem que o teve representa a aprovação como um processo, descreve o fenômeno da influência bem como o estado psíquico em que se encontra a pessoa a ser influenciada, como se ele — Wagner e Homúnculo* em uma só pessoa — segurasse a retorta na qual é preso para ser transformado em um seguidor. As etapas dessa evolução são apresentadas em cenas separadas, como em uma história em quadrinhos: com os olhos abertos, o homem compreende não só os métodos de Hitler, como também a pessoa dele e cada um de seus gestos. Esse homem vê Hitler como um palhaço e até mesmo como um portador da morte — "Será que nossos pais não viram que ele parecia um palhaço?", perguntavam-se sempre as gerações do pós-guerra. O homem vê o efeito mágico e pseudomágico de

---

* Personagens de *Fausto*, de Goethe. Wagner, discípulo de Fausto, cria, a partir de fórmulas alquímicas, o Homúnculo, que vive dentro da retorta — jarro usado para destilações.

Hitler e também o vê como domador — apesar disso, o adestramento funciona. Pouco depois esse homem diz para si mesmo que nem tudo é tão ruim assim e que "o esforço de ser contra" (exatamente como o "amargo esforço"* de Brecht,³ que resulta da audácia) talvez seja vão. Ele descreve também não apenas a aceitação das circunstâncias dadas, mas o clima interior em que ela se realiza, a prontidão em se deixar enganar, a tendência a fornecer um álibi depois de ter sido condicionado durante tempo suficiente por uma mistura certa de pressão e propaganda e levado àquele estado de receptividade e suscetibilidade em que os mecanismos de defesa desmoronam. (A defesa dos cães condicionados por Pavlov também desmorona em um determinado momento; determinadas doses de veneno também paralisam o sistema de defesa do organismo; e também para o herói de Orwell chega o momento em que ele vê a imagem do Big Brother com lágrimas de agradecimento nos olhos.) Esse é o lado fisiológico da medalha, mas o homem que teve o sonho — um herói entre o bem e o mal — sugere um outro lado: o efeito de uma estrutura social que autoriza apenas um movimento, o de se juntar ao "Movimento".

Uma situação análoga, na qual ser um seguidor é parte da natureza das coisas, foi criada em sonho, de forma astuta, por uma moça de uns vinte anos, aluna de uma escola de comércio. Em 1934, ela teve este sonho, menos detalhado do que o do homem da caixa de coleta, mas com o mesmo efeito:

> É celebrado o "Dia da União da Nação" [uma data festiva com o mesmo objetivo de fato existia, mas não com esse nome — é muito significativo que essa moça a tenha escolhido para o seu sonho]. No

---

* Expressão tirada da "Balada da boa vida", da *Ópera dos três vinténs* (1928), de Bertolt Brecht e Kurt Weill.

vagão-restaurante de um trem em movimento, há mesas enormes, com longas fileiras de pessoas sentadas. Estou sozinha em uma mesa pequena. Uma canção política soa tão engraçada que começo a rir. Sento-me em outra mesa, mas disparo a rir novamente. De nada adianta; levanto-me, quero sair, mas penso: "Talvez não seja tão engraçado se eu cantar junto". E começo a cantar.

No mesmo ano, um homem mais velho teve também um sonho supreendentemente parecido com o dessa menina — parecido a ponto de clarear o automatismo do processo. Ei-lo:

Estou em um cinema na praça Nollendorf que mais se assemelha a um salão de assembleias. Está passando o documentário da semana. Göring aparece trajando um gibão pardo de couro e atira com uma balestra, o que me faz rir alto (isso realmente ocorrera durante a noite, mas nada me aconteceu).
 De repente, estou ao lado dele — não sei como cheguei ali —, usando o mesmo gibão de couro e a mesma balestra, e ele me nomeia seu guarda-costas.

Em 1936, uma mulher de meia-idade tem um sonho essencialmente idêntico, mas com detalhes muito próximos da realidade e que fazem o sonho parecer uma anotação de diário:

Estou em um pequeno vilarejo — acho que em Nauen —, visitando alguns bons amigos. À noite há uma recepção em minha homenagem. Na manhã seguinte, quando estamos todos à mesa do café da manhã, em um momento de muito afeto e amizade, conversando sobre a noite anterior, uma vizinha chega à porta e fala sem rodeios: "Ontem à noite muita gente esteve festejando por muito tempo em sua casa (alguém da província já me havia dito essa frase literalmente, por isso sonhei com ela); bem, imagine se ainda houvesse aqui pessoas que não dizem *Heil*...". "Não teria acontecido nada", grito, interrompendo-a. E minha amiga completa: "Pelo contrário, isso seria inconcebível".

A vizinha se vai, e essa minha amiga dirige várias acusações a mim, esquecendo que dez minutos antes havia jurado amizade e afeto, e me obriga a partir imediatamente, antes que venha à tona a verdade a meu respeito. Ela me manda literalmente para a rua, sem nem sequer me informar o horário dos ônibus (não há trens). Estou desamparada no ponto de ônibus, sem entender nada, sem compreender a transição de um sentimento para outro em poucos minutos.

Quando o ônibus chega, lotado, subo e digo alto para todos os passageiros: "*Heil* Hitler". Todos eles me olham, mudos.

Vamos resumir o que acontece nesses três sonhos: tenta-se rir sobre a coisa toda, mas logo a pessoa percebe que está em um trem em movimento, com um objetivo: não se ri mais, mas se canta junto. O gibão pardo marrom deixa de ser engraçado quando a pessoa passa a usá-lo. Ou a pessoa é excluída por não dizer *Heil*, mas, enquanto continua achando inconcebível que alguém passe "de um sentimento para outro em poucos minutos", ela mesma pega um ônibus cuja parada final é *Heil*.

Tudo isso leva à questão de como é possível que as pessoas que acharam engraçado o teatro das canções, dos uniformes pardos e dos braços esticados sejam absoluta e sinceramente as mesmas para as quais foi preciso que se encenasse toda a tragédia do Terceiro Reich até o fim, até que passassem a recusá-lo, como acontece hoje.

Em sonho, um homem conseguiu caracterizar em uma frase o que havia de não dramático e silencioso nessa transição da sugestão à autossugestão: "Digo, no sonho, a seguinte frase: '*Não preciso mais* dizer sempre não'".

Nessa forma de conto de fadas "não-preciso-mais" (quase comovente, em meio a todas essas obrigações totalitárias), constata-se de novo quanto esforço se faz para ser "contra": a liberdade como peso, a servidão como alívio.

O sonho de outro homem mostra o caminho tomado por um seguidor do regime de um ponto de vista descomplicado, materialmente condicionado:

> Entro na oficina de um sapateiro. "As solas do meu último par de sapatos estão rasgadas", digo. O sapateiro, que tem nas mãos um par de sapatos novo em folha, afirma: "Você sabe que só quem marcha na SA ganha novas solas". "Ouvi dizer", respondo, "mas não consigo acreditar nisso." "Posso colocá-lo em uma coluna", diz ele, amavelmente, "onde só marcham pessoas que não têm solas e, logo que ali ingressam, recebem dois pares." Ele prossegue, de forma ainda mais amável: "E para você vou, talvez, dar agora três pares, pois precisamos de você". Corro para fora, mas, ao correr, as solas rasgadas se soltam dos meus sapatos.

Foi um sapateiro quem contou esse sonho, que só vim a receber mais tarde — exatamente nessa forma de fábula. O cunhado de um freguês desse sapateiro havia tido o sonho. E o relato teve o seguinte acréscimo: "Não durou meio ano até ele virar um membro da SA".

Desejos revelados ou "Queremos tê-lo conosco"

> *Essa realização teria sido impossível se eu tivesse querido me apegar com teimosia à minha origem e às lembranças de juventude. Justamente a renúncia a qualquer obstinação era o supremo mandamento que eu me havia imposto [...]. Conforme me disseram mais tarde, devo ter feito muito pouco barulho, de onde se concluiu que ou iria perecer logo, ou, caso conseguisse sobreviver aos primeiros tempos críticos, ficaria bastante apto a me amestrar. Sobrevivi a esses tempos.*[1]
>
> Franz Kafka

Os sonhos em que o desejo de pertencer ao grupo ou de participar não se revela lentamente, em anedotas formadas passo a passo, mas se manifesta, de maneira infantil, sincera e diretamente, correspondem com certeza a dezenas ou centenas de milhares de sonhos diurnos, tidos durante a passagem da condição de opositor para a de seguidor, quando o caminho da resistência se tornou pedregoso demais.

Os sonhos dessa categoria seguem um esquema recorrente, que não é, nem de longe, tão imaginativo como o de outras categorias. Não só um ou dois, mas dezenas de sonhos parecidos foram relatados por pessoas das mais diferentes idades e posições sociais. O que já apareceu como tema colateral se torna agora tema condutor: ser em sonho conselheiro ou amigo de Hitler, Göring e Goebbels. Esses sonhos não se apresentam com o aspecto distorcido das sátiras, e sim com exageros infantis: sou o braço direito de Hitler e estou muito satisfeito. (Sonhos assim, compreendidos como um desejo primitivo, são típicos de crianças, que ainda não conhecem as complicações dos adultos com o desejo.)

Pode-se sonhar também algo mais complicado, como aconteceu com um homem de 26 anos, que trabalhava em uma transportadora: "Marcho em uma coluna da SA, mas estou à paisana. Eles querem me espancar, mas então chega Hitler e diz: 'Deixem-no, pois *queremos tê-lo conosco*'".

Ou como no caso de um homem de sessenta anos, que sonhou: "Estou à beira da rua e vejo marchar a Juventude Hitlerista. Então eles me cercam e gritam em coro: 'Seja nosso porta-bandeira'".*

Não há dúvidas quanto ao importante papel das mulheres no Terceiro Reich, mas o tipo de sonhos de desejo tidos por mulheres confirma todas as suspeitas e afirmações a esse respeito. Quero apresentar meia dúzia de exemplos de tais sonhos, com componentes manifestadamente eróticos, que, apesar de monótonos e uniformes, deverão ser vistos pelo leitor como testemunhos da tipicidade desse fenômeno. (A ligação entre poder e erotismo não é nova, claro — o poder é uma forma de erotismo —, mas, nesse caso, ela repercutiu, desde o início, nas vozes femininas favoráveis a Hitler. E também esse efeito era calculado. "É preciso ser solteiro, para então conquistarmos as mulheres"[2] — isso já estava estabelecido antes de Hitler se tornar o *Führer*, e, como se sabe, ele se manteve fiel a essa ideia toda a vida, desviando-se dela só no momento da morte.)

---

* O porta-bandeira (*Fähnleinführer*) era um dos graus do Povo Jovem, organização da Juventude Hitlerista voltada para meninos de dez a catorze anos.

Uma mulher mais velha, que garantiu ser "contra tudo de erótico e contra Hitler", me contou:

Sonho muito frequentemente com Hitler e Göring. Eles querem algo de mim. Em vez de dizer "Eu sou uma mulher honrada", digo "Mas eu não sou nazista". E isso lhes agrada ainda mais.

Uma empregada doméstica de 33 anos sonha:

Estou no cinema, é uma sala grande e está muito escuro. Tenho medo, pois, na verdade, eu não poderia estar ali. Só os membros do partido podem ir ao cinema. Então entra Hitler e fico com ainda mais medo. Mas ele não só me permite ficar, como também se senta ao meu lado e coloca seu braço sobre meus ombros.

Uma jovem vendedora:

Göring quer me apalpar no cinema. "Mas eu não estou no partido", digo. Ele responde: "Não me importa".

Outra vendedora:

Estou em um concerto. Hitler passa pelas fileiras da frente, apertando a mão de todos. "Será que posso dar a mão a ele?" — penso, exaltada. "Não devo lhe dizer que sou contra?" Ele chega perto de mim, coloca suas duas mãos sobre as minhas [esse gesto típico de Hitler para demonstrar uma proximidade especial ela deve ter visto frequentemente em imagens] e fica assim até eu acordar.

Uma dona de casa:

Quando volto das compras, percebo que todos devem dançar na rua — como na França, no dia da Queda da Bastilha —, pois é feriado em homenagem ao incêndio no Reichstag. Soltam-se fogos por todos os lados [que ideia brilhante de encenação paródica teve essa mulher]. Os quarteirões foram fechados com cordões e casais passam por baixo deles como boxeadores nos ringues... Acho isso muito feio. Então, alguém com mãos fortes me abraça por trás e me puxa por debaixo do cordão para a pista de dança. Quando começamos a dançar, reconheço: é Hitler — e acho tudo muito lindo.

Situações inequívocas, que sem dúvida foram sonhadas com igual frequência, não foram relatadas; não questionei a respeito disso, pois não era significativo para o que eu pretendia. O que importa aqui não é o detalhe, e sim a situação: o *Führer* como o sedutor real, como objeto de desejo erótico. O sonho de outra dona de casa caracteriza de forma mais clara essa mistura das esferas erótica e política:

> Longas mesas estão colocadas na [avenida] Kurfürstendamm, nas quais se apertam muitas pessoas vestidas de marrom. Curiosa, sento-me ali também, mas um pouco mais afastada, na ponta de uma mesa vazia e isolada. [Ela emprega uma cena bem parecida com a da mulher no vagão-restaurante.]
> Então aparece Hitler, com seu conhecido fraque, trazendo grandes pilhas de folhetos que distribui apressada e descuidadamente. A cada pessoa sentada na ponta de uma mesa ele entrega uma pilha de folhetos, para que sejam passados adiante. Parece que não vou receber nada. Mas, de repente, diferentemente do que vinha fazendo até então, ele coloca com delicadeza uma pilha de folhetos diante de mim.
> Logo depois, entrega-me com uma mão um único folheto, enquanto a outra mão me acaricia, dos cabelos até as costas.

A mão esquerda sabe bem o que a direita faz: uma distribui propaganda, a outra acaricia. Não dá para descrever de forma mais sucinta e acertada a influência de Hitler sobre amplas camadas de mulheres.

Ainda mais característicos são os sonhos de pessoas cujos desejos eram irrealizáveis, porque em seu caminho havia não obstáculos internos, mas externos, e irremovíveis, porque essas pessoas haviam tido não uma opinião errada, mas uma avó errada; em suma, eram pessoas cuja situação objetiva não permitia que elas satisfizessem seus desejos fora da escuridão da noite.

Em 1935, após ser considerada 25% mestiça pelas Leis Raciais, uma jovem cuja avó era judia sonhou:

> Estou em Bad Gastein.* Conversando animadamente, Hitler desce comigo uma escadaria externa, bem visível de longe; no andar de baixo acontece o concerto e há uma multidão de gente. Orgulhosa e feliz, penso: "Todo mundo vai ver agora que o *Führer* não se importa em aparecer comigo em público, apesar de minha avó Recha".

Uma mulher de cerca de 45 anos, 50% mestiça, sonhou na mesma época:

> Estou em um navio junto com Hitler. A primeira coisa que lhe digo é: "Na verdade, não posso estar aqui. É que tenho um pouco de sangue judeu". Ele parece bem simpático, com um rosto redondo, agradável e bondoso, e não como de costume.
>
> Sussurro-lhe nos ouvidos: "Você poderia ter se tornado um grande homem, se tivesse feito como Mussolini, sem essa idiotice de perseguir judeus. É verdade que há pessoas bem ruins entre os judeus, mas nem todos são criminosos — isso é algo que realmente não podemos afirmar". Hitler me ouve com calma, tudo em um clima muito cordial.

---

* Estância termal austríaca.

De repente, estou em uma outra sala do navio, cheia de homens da ss com uniforme negro. Eles fazem sinal uns aos outros apontando para mim e dizendo, com muito respeito: "Vejam, esta é a dama que criticou o chefe".

O sonho dessa mulher 50% judia (relatado por ela por vontade própria e com certo contentamento a sua inquilina) mostra de maneira exemplar como mesmo pessoas incapazes de alinhamento estavam dispostas a se alinhar: ela tem "um pouco de sangue judeu"; no geral ela também é contra judeus, chama Hitler de você e lhe mostra como ele pode se tornar "um grande homem"; a ss tem "muito respeito" por ela — tudo isso em um sonho curto.

É evidente que os que eram inteiramente judeus raras vezes sonhavam com esse tipo de realização de desejos, não porque lhes tivesse faltado disposição — seria natural que tivessem reagido como outros grupos da população —, mas porque as coisas para eles não se passavam de fato assim, a ponto de poderem colocá-las em ordem só por meio do sonho, mais uma prova de quão fortemente os sonhos refletem a esfera pública. Um jovem judeu de quinze anos — contou-me sua mãe — sonhou que marchava nas fileiras da Juventude Hitlerista; ele estava "à beira da estrada, morrendo de inveja" e, de repente, estava "no meio daquilo".

Um médico judeu teve um sonho de desejo com uma tônica totalmente diferente. "Eu curei Hitler", ele sonhou, mas isso foi apenas um motivo secundário de seu sonho, apesar de ele ser "o único no Reich capaz de fazê-lo" (como o oftalmologista da oposição, em um capítulo anterior). Seu motivo condutor, exposto mais extensamente, é o seguinte:

"O que o senhor quer para me curar?", pergunta Hitler. "Não quero dinheiro", respondo. Então, um loiro alto, do grupo de Hitler, diz:

"Como assim, não quer dinheiro, seu judeu avarento?". E Hitler diz em tom de comando: "É natural que não queira dinheiro. Nossos judeus alemães não são assim".

O médico teve esse mesmo sonho com diversas variantes. Em uma delas, ele responde o seguinte ao homem do grupo de Hitler que o ofende: "Se eu não fosse alemão, mas norte-americano ou inglês, o senhor não correria esse risco". Outra vez ele deseja que Hitler o reconheça novamente como alemão.

À parte os sonhos de desejo, que, como foi dito, parecem ter sido raros, os sonhos de judeus moviam-se no mesmo círculo de medo e defesa que os de todos os outros grupos. Porém, dentro desse círculo, representavam, de modo evidente, uma categoria especial, da mesma forma que os judeus representavam uma categoria especial dentro do regime hitlerista — eles estavam submetidos não a um terror latente, mas, desde o início, a um terror declarado.

Por isso decidi resumir os sonhos de judeus em um capítulo especial.

Sonhos de judeus ou "Se necessário, cedo lugar ao papel"

> *Naturalmente não é possível nos livrar de todos os piolhos e de todos os judeus em um ano. Isso precisará acontecer ao longo do tempo.*[1]
> Hans Frank

> *Os seres sub-humanos não são nada mais que o esboço dos seres humanos, com traços semelhantes a estes, mas espiritual e moralmente inferiores ao animal [...]. No interior desses seres vigora um caos horrível de paixões ferozes e desenfreadas: uma disposição inominável para a destruição, desejos dos mais primitivos e uma maldade manifesta.*[2]
> Publicação do *Reichsführer* da SS

Mesmo que não o soubéssemos, seria totalmente possível, como eu disse, determinar quando e onde ocorreram os sonhos que ouvimos até agora. Não é difícil saber de quem são os três sonhos que abrem este capítulo — só poderiam ser de judeus assimilados sob o Terceiro Reich. Tidos por juristas, tipos totalmente adaptados no pensar, na aparência e no comportamento — idosos demais para poder modificar esse formato fixo —, esses sonhos têm como conteúdo o deslocamento e a despersonalização, a perda de identidade e de continuidade — situações de que já ouvimos falar tanto e que, em casos extremos, foram vividas na realidade.

O primeiro sonho, de 1935, é de um advogado e notário berlinense que beirava os cinquenta anos, detentor "do distintivo de combatentes do front" [na Primeira Guerra Mundial], graças ao qual manteve provisoriamente, apesar das Leis Raciais, sua licença profissional:

> Vou ao concerto, tenho um ingresso — ou pelo menos acredito ter um. Verifica-se, porém, que se tratava apenas de um informe publicitário e outra pessoa está sentada em meu lugar. O mesmo acontece com muitas outras pessoas. Enquanto deixamos a sala pelo corredor central, vagarosamente e com a cabeça baixa, a orquestra entoa: "Pois não temos aqui embaixo morada permanente".[3]

O segundo sonho também é de um advogado e notário de Berlim, talvez uns cinco anos mais velho, e ocorreu depois de os benefícios para combatentes terem sido suspensos e ele ter perdido seu emprego:

> Vestido solenemente, vou ao Ministério da Justiça (aonde realmente fui, trinta anos antes, como de costume, depois de passar nos exames públicos). O ministro, cercado de guarda-costas da SS, está sentado atrás de uma enorme mesa (daquelas que conhecemos das fotos de Hitler) e tem uma espécie de vestimenta entre o uniforme preto e a túnica de advogado. (O que motivou o sonho deve ter sido o fato de que, no dia anterior, precisei me desfazer da minha túnica.)
>
> Digo ao ministro: "Eu os acuso pelo fato de terem me tirado o chão". Os guarda-costas me seguram e me jogam no chão. Caído, afirmo: "Também beijo o chão no qual os senhores me lançam".

O terceiro sonho é, mais uma vez, de um advogado e notário berlinense, cinco anos mais velho do que o segundo homem, ou seja, quase sexagenário, e em cuja vida o conceito de "aparência burguesa" sempre desempenhara um papel importante. Na mesma época, ele sonhou uma espécie de continuação lógica do horrível e grotesco *J'accuse*[4] do segundo homem:

> Há dois bancos no Tiergarten — um normalmente verde e o outro amarelo [na época, os judeus só podiam se sentar nos bancos pintados de amarelo]. Entre os dois há um cesto de lixo. Sento-me sobre o cesto e penduro um cartaz no meu pescoço, como às vezes fazem os cegos pedintes e também os "violadores da raça", obrigados pelas autoridades. No cartaz que dependuro em mim, lê-se: "*Se necessário, cedo lugar ao papel*".

Esses três sonhos falam, cada um à sua maneira, da destruição das condições em que se baseava uma longa vida, como também ocorre, por exemplo, no sonho de uma professora de matemática, no qual era proibido, sob ameaça de pena de morte, anotar qualquer coisa que tivesse relação com sua área de conhecimento. Esses sonhos, porém, estão tão diretamente afetados pela realidade imediata à qual os sonhadores estavam submetidos, que nada têm de surreais. Os dois primeiros movimentam-se rigidamente nos limites do kitsch ou, melhor, do páthos sentimental, como acontece frequentemente na tragédia. Do terceiro podemos dizer que — muito antes de que Beckett colocasse, em *Fim de partida*,[5] seus personagens dentro de um cesto de lixo — o advogado coloca a si mesmo, no final da partida de sua existência, em um cesto de lixo, disposto até mesmo a dar lugar ao lixo.

Os "sonhos dos três assimilados" falam por si sós. Assim, em vez de fazermos comentários supérfluos, podemos talvez acrescentar apenas o que sucedeu aos três advogados. Não há informações sobre o que ocorreu ao segundo, aquele que beija o chão. O primeiro, após ter perdido seu "posto vitalício", conseguiu ir para o exterior e, não sendo mais tão jovem, ainda que também não fosse velho, encontrou forças para refazer sua vida. O terceiro advogado também fugiu para fora da Alemanha e morreu no exterior — alquebrado, permaneceu uma pessoa sempre disposta a ceder "lugar ao papel".

Em 1934, uma mulher jovem, de aparência muito germânica e batizada como judia quando criança, sonhou a teoria, por assim dizer, dos sonhos daqueles que foram acordados de maneira brutal de seu sonho de assimilação. Na forma de um discurso dramático, seu sonho esclarece o que pode ocorrer com pessoas que são retiradas da comunidade à qual acreditavam pertencer. Seu sonho é absolutamente claro ao apontar para os detalhes desses dramas não sangrentos, que se anteciparam aos sangrentos. Ela sonhou:

> Vou passear na Suíça com dois oficiais da Marinha, ambos loiros. Uma judia alta e bem feia cai lentamente na frente de uma vitrine. O marido corre ao seu encontro: "Rosa, o que está acontecendo com você?".
>
> Quando passam por nós, abraçados, podemos ver bem quão judeus e quão feios eles são. Sinto que meus dois acompanhantes estremecem de nojo, mas eles não dizem nada. Entretanto, falo de repente: "Na minha opinião, eles são medonhos e não consigo suportar seu olhar. Mas vocês me empurraram para dentro da comunidade deles, vocês me empurraram. Essa ainda não é a minha comunidade. Mas vocês... O que eu tenho em comum com cada um de vocês? Vocês se parecem comigo, e eu me pareço com eles, com vocês, e o que posso fazer? No máximo, porque estive com um de vocês na cama...". Então desperto e anoto imediatamente, palavra por palavra, minha explosão. [Explosão que não conseguimos nem comentar nem interpretar; quando muito, podemos mencionar

que, por precaução, ela transferiu esse tumulto interior para um país estrangeiro.]

Se, como vimos, pessoas de todos os grupos da população conseguiram, desde o início, a partir de seus sonhos, reconhecer em seus medos os princípios e objetivos do Estado totalitário e refletir a respeito, a ponto de mais tarde termos a impressão de que esses sonhos eram profecias, os judeus, por sua vez, devido à sua sensibilidade tão aguçada pelas ameaças que sofriam,[6] desenharam com clarividência naturalista o quadro de sua situação.

Em 1935, uma dona de casa de 35 anos sonhou:

Durante um passeio, ouvimos um boato na rua de que não devemos ficar em nossas próprias casas, pois alguma coisa acontecerá. Vamos para o outro lado da rua e olhamos, melancólicos, para o apartamento no alto: as persianas estão abaixadas e ele parece desabitado.

Vamos para a casa de minha sogra, agora nosso último refúgio. Subimos a escada, mas lá moram pessoas totalmente diferentes. Será que erramos de prédio?

Subimos a escada do prédio vizinho, mas também não é ali, pois se trata de um hotel. Saímos por outra porta tentando nos orientar, mas agora não encontramos nem sequer a rua.

De repente, acreditamos ter encontrado a casa de que tanto precisávamos, mas é de novo o mesmo hotel com o qual nos equivocamos. Quando esse vaguear enervante se repete pela terceira vez, a proprietária do hotel diz: "Mesmo se os senhores encontrarem o apartamento, não adiantará nada. O que acontecerá é o seguinte..."
— e se põe a declamar, de tal maneira e com tais gestos, como se lançasse uma maldição como a que recaiu sobre Ahasverus:[7]

"É uma lei:

> Não deverás morar mais em lugar algum
> Mas andar assim pelas ruas
> Essa deverá ser tua vida".

Em seguida, ela retorna à prosa e fala monotonamente, como se estivesse lendo uma ata: "Em concomitância com a lei acima mencionada, tudo o que até agora era permitido passa a ser proibido, tal como entrar em lojas, empregar operários...". No meio desse horror, lembro-me de um detalhe: onde mandarei agora confeccionar meus casacos?

Deixamos o hotel e andamos *para sempre* pela chuva sombria...

Essa mulher, que não era judia, mas casada com um judeu — e estava, portanto, envolvida no destino do grupo —, antecipou em anos o que viria a acontecer mais tarde, desde a errância dos sobreviventes que viviam escondidos durante o período da "solução final" até as pequenas coisas que tornariam a vida difícil. Até mesmo na forma de seu sonho ela encontra a mistura entre páthos e linguagem burocrática que frequentemente caracterizava os comunicados nazistas, um reflexo na língua de sua essência.

Em 1935, um jurista reformula a maldição de Ahasverus de um jeito bem diferente, quando caminha em sonho para "o último país do mundo onde os judeus ainda são tolerados":

> Esse é o nome do país, um outro ele não tem, e fica no fim do mundo. Eu, minha mulher e minha velha mãe cega arrastamo-nos secretamente pelo gelo e pela neve — precisamos atravessar a Lapônia, mas a Lapônia não permite a passagem de ninguém. De repente, entretanto, tudo fica atrás de nós e, na nossa frente, brilha verde sob o sol "o último país onde os judeus são tolerados".
>
> Um funcionário risonho da alfândega curva-se cordialmente; ele tem um rosto rosado, parece um porquinho de marzipã: "Pois não,

senhor?". "Sou o doutor..." e mostro-lhe meu passaporte. "Você é um judeu", ele grita e joga o passaporte de volta no gelo da Lapônia.

Podemos nos lembrar outra vez de Brecht: "Fugindo de meus compatriotas/ lá em cima, na Lapônia,/ para além do oceano Ártico/ Vejo ainda uma pequena porta".[8]

O judeu que teve esse sonho se encontra na mesma situação do poeta fugitivo, mas vai mais longe, pois mesmo a pequena porta está fechada para ele. Enquanto ainda vive em seu país de origem e experimenta o sentimento de ser banido cada dia de uma nova maneira, ele cria uma versão mundial para tal sentimento.

Em um presente difícil, antecipam-se em sonho as grandes e pequenas dificuldades do futuro: "para onde ir?" e "o que será?". Tais questionamentos aparecem em muitos sonhos de judeus nessa época e serão aqui apenas brevemente mencionados. Em primeiro lugar, porque seus detalhes são difíceis de serem compreendidos hoje em dia e só em parte pertencem ao nosso contexto. Além disso, porque, apesar de terem sido tão horríveis, esses sonhos parecem inevitavelmente esmaecidos à luz do horror que viria a acontecer. Com passaportes, documentos, vistos, acontecem as coisas mais absurdas aos judeus. Não os deixam atravessar fronteiras, não os deixam aterrissar, navios erram com eles pelo mar. Quando chegam, são hóspedes indesejados entre estrangeiros, não se atrevem a se sentar à mesa, dormem em grupos de oito em um único quarto e trabalham em casa, temem paredes escuras e pátios vazios, ouvem canções alemãs e se envergonham por se emocionarem, falam errado e são motivo de escárnio. Não encontram mais, então, sua própria personalidade e delineiam, com detalhes espantosos, um novo tipo, o do emigrante forçado que não é mais jovem e não compreende o novo, que recusa o desconhecido e se refugia na saudade — uma situação que muitos nunca superaram, mesmo se chegaram com vida ao exterior.

Exemplo disso é o sonho de uma dona de casa entrando nos trinta anos, cheio de cláusulas excepcionais, proibições e discriminações que a perseguiram no além-mar. Em 1936, em Berlim, ela sonhou:

> Depois de uma longa viagem, chego a Nova York. Mas só podemos ficar se escalarmos um arranha-céu pelo lado de fora. Apenas os que foram batizados não precisam fazer isso e, sobre eles, afirmam: "É que os pequenos nazistas são muito simpáticos e confiáveis". Também aqui fazem distinção.
> Nunca sei qual direção tomar e vou sempre para o lado errado. Pobre do meu marido, penso, pois fora isso mesmo o que ele imaginara.
> De repente estou em uma rua estreita, inclinada, e tanto à direita como à esquerda há relógios, joias e pulseiras sobre a neve. Gostaria tanto de pegar alguma coisa, mas não tenho coragem, pois aqueles objetos foram certamente colocados ali pelo "Departamento de Fiscalização da Honestidade dos Estrangeiros"; quem pegar alguma coisa será provavelmente deportado. Ou será que estou em um caminho completamente proibido e por isso serei deportada?
> Não consigo encontrar a entrada da escola de línguas, não consigo encontrar lugar algum. Fico em pé, sozinha, enquanto todos os outros estão sentados, em ordem. Não tenho o livro que todos os outros estão lendo e nem sei o seu título. Já na entrada da escola, pensei: o lugar parece velho e feio; "em casa" as escolas são muito mais bonitas. ["Em casa" era uma expressão tão típica dos emigrantes que, em muitos países, eles eram chamados de *chez nous*.*]

---

* Em francês no original, "na nossa casa" ou "no nosso país".

Depois disso perguntam nossa idade. "Somos obrigados a dizer?", questiono. "Sim", responde a professora. "Em casa *não somos obrigados a nada*", digo.

Chorando, olho pela janela, e vejo uma paisagem provincial. Sinto-me um pouco mais consolada quando a professora diz: "Os pequenos nazistas são não apenas decentes, como também os únicos decentes entre vocês".

A esses sonhos de medo e recusa que projetam o futuro costuma ser acrescentado, com frequência, um novo motivo, em muitas variações: o medo de perder a língua materna.

Um homem cria uma cena fantasmagórica desse medo em um mosteiro trapista, "em algum lugar do mundo", em cujos "velhos e sombrios átrios de pedra e em cujas celas se refugiaram todas as pessoas que nunca voltarão a falar".

Outro perde-se no deserto, encontra água, que só pode ser tomada caso a pessoa leia na "língua do deserto"; mas ele se recusa a bebê-la, dizendo o seguinte: "Melhor morrer de sede do que falar a língua estrangeira do deserto".

Para poder ingressar no Marrocos, um terceiro homem precisa fazer traduções para o francês. Mas ele também se recusa: "Nada disso adianta", diz, "a gente não poderá mesmo ficar no lugar para onde estamos indo". E começa a cantar em alemão: "*O Täler weit, o Höhen.*"[9]

A poesia e o cancioneiro alemães pairam de muitas formas nesses sonhos nostálgicos da pátria perdida, em que a pessoa ainda se encontra. Em sonho, uma moça de 27 anos canta a seguinte canção:

Agora Olly está bem,
Ela está em Hollywood...
[começo de uma música popular anterior à era Hitler][10]

Lá você encontraria o sossego... *
Então tudo estaria tranquilo... **
Tudo volta outra vez...

Também no sonho, ela canta sem parar: "Se o coração está vazio, se o coração está vazio, se o coração está vazio",[11] um verso de "Juventude", de Rückert. Uma vez, ela reelaborou a estrofe inteira:

Mas sim a andorinha volta, a andorinha volta
E o ninho vazio está pesado
Quem tem o coração vazio, o coração vazio
Jamais voltará.[12]

Retrospectivamente, vê-se que também aqui se trata de uma profecia — a maioria das pessoas, atormentada por dificuldades tão pesadas, pensava em retornar, mas poucos o fizeram — e, dentro de nosso contexto, de algo tão lógico quanto o poema do sonho de Heine, "Krähwinkel". ***

Um funcionário de banco de cerca de quarenta anos, demitido por ser judeu, sonhou em 1936, em Berlim, que havia emigrado, que estava bem no novo país e que, trabalhando novamente em um banco, fazia progressos — tanto assim que pôde financiar suas primeiras férias nas montanhas:

---

* "Du fändest Ruhe dort": verso da canção "Am Brunnen vor dem Tore" [Na fonte diante da porta], composta por Franz Schubert (1797-1828) a partir de poema de Wilhelm Müller (1794-1827).

** Verso da canção "In einem kühlen Grund" [No aprazível vale], de Friedrich Glück (1793-1840), a partir de poema de Eichendorff.

*** Ver epígrafe do capítulo 5, p. 60.

Faço uma escalada com um guia. Então algo acontece no pico mais alto. O guia tira a capa e o capuz e coloca-se diante de mim, totalmente vestido com um uniforme da SA.

Esse homem sonhou, portanto, com a reconstrução de sua pessoa, antes destruída, apenas como efeito para um anticlímax. A ascensão em novas circunstâncias pode ser bem-sucedida, mas o acompanham as forças que o destruíram e cuja nova fantasia ele não reconhece a tempo: elas estão no pico da montanha, na figura de um "guia",* que de repente se revela na sua frente.

Um sonho ocorrido no inverno de 1960 condiz exatamente com o desse judeu, de 1936 — assim como muitos dos sonhos que ouvimos condizem entre si. Quem o sonhou foi uma mulher que ainda era criança na época dos demais sonhos deste livro. É assim o seu sonho:

Vejo no vestíbulo do meu prédio um monte de cartas. Elas são endereçadas a mim e estão quase todas abertas. Uma delas — cujo conteúdo está separado do envelope — ainda está úmida e amolecida por causa do vapor. "Será que os modernos violadores de correspondências não têm métodos mais científicos?" — penso e começo a reclamar com o porteiro, que está lá de pé.

Ao seu lado está outro homem, pequeno, magro e discreto, com os cabelos cuidadosamente repartidos, vestindo um terno preto. "Sim", ele diz, "é isso mesmo" — ele viera por causa de minhas cartas. "Muito bem; muito bem", digo. E começo a explicar o que aconteceu.

Mas ele me interrompe: "Mostre-me seu documento de identidade". Eu respondo: "Não é preciso, no prédio todos me conhe-

---

* A autora coloca "guia" entre aspas para ressaltar esta palavra em alemão, *Führer*, também empregada para designar Adolf Hitler.

cem, inclusive o porteiro, pois moro aqui há anos...". E ele: "Seu documento!".

O homem se levanta, vai ficando cada vez maior, e seu terno não é mais um terno preto qualquer, mas *o* terno preto, no qual os distintivos estão cintilando e reluzindo.

"Oh, não", digo. Ele não tem o direito de pedir meu documento de identidade antes de me mostrar um mandado. Sou eu quem precisa fazer uma queixa. "Eu sou uma cidadã livre."

Ele esbofeteia a minha cara, à direita e à esquerda, e repete: "Seu documento!". Eu respondo: "Não, não". Então, ele diz: "De toda forma, isso é inútil. Nós a conhecemos e sabemos quem é a senhora e o que faz" — e me dá mais um tapa. O homem segura minhas mãos e as prende com a corrente do elevador.

Triste e com a voz baixa, eu digo, mais para mim mesma do que para ele: "Eu esperava conseguir reconhecer imediatamente pessoas de sua espécie, quando aparecessem de novo. É minha culpa, já que não consegui".

Então começo a berrar, agarrando-me, como qualquer ser humano normal, à esperança desesperada de que alguém aparecerá e me ajudará, caso eu grite. Mas *eu sei* que agora não virá ninguém, nunca mais.

Como dissemos anteriormente, essa mulher pertence a uma geração que não está relacionada ao Terceiro Reich — nem pelo medo nem pela culpa. Seu medo diz respeito ao presente (esse sonho foi tido poucas horas depois de ela ouvir uma palestra política alarmante), e ela considera culpado aquele que, na vida pública, não reconhece, mesmo que surjam e cresçam, antes mesmo que suas insígnias cintilem e reluzam visivelmente, manifestações que ameaçam nosso século — essa é a lição de sua fábula.

Essa também é a lição de todas as fábulas políticas sonhadas no Terceiro Reich, que — como todas as fábulas — contêm não apenas explicações, mas também alertas: de que as manifestações do totalitarismo precisam ser reconhecidas — antes que as capas e os capuzes sejam removidos, como no sonho do guia de montanhas; antes que nos impeçam de dizer "eu" e nos obriguem a falar de tal maneira que não entendamos a nós próprios; antes que a "vida sem parede" tenha início.

Observação posterior

O primeiro passo para a realização do presente livro foi dado com a ajuda de Roland H. Wiegenstein, que, ao tomar conhecimento, por intermédio de Karl Otten,[1] da coletânea de sonhos que organizei, leu-a e me convidou para fazer um programa na Westdeutscher Rundfunk intitulado *Sonhos do terror*.[2]

O fato de esse programa ter dado origem a *Sonhos no Terceiro Reich* se deve a Martin Gregor-Dellin, que, ao ouvir os relatos, se interessou pelo material e me incentivou a redigir este livro.

CHARLOTTE BERADT
Nova York, outubro de 1965

Posfácio

> *Mas é completamente indiferente que fosse sonho ou não fosse, uma vez que esse sonho me tivesse revelado a verdade?*
>
> Dostoiévski

Ocorre, neste momento, uma transformação gradual, mas irrevogável, das pesquisas sobre o Terceiro Reich. A geração dos que o viveram, dos que dele fizeram parte, dos que foram imediatamente atingidos por ele e de suas testemunhas retira-se vagarosamente, enquanto cresce a geração seguinte. Com a mudança de gerações, modifica-se também o contexto da abordagem. Do passado repleto de experiências e ainda presente daqueles que sobreviveram a esse período surge um passado puro, desprovido da vivência — mesmo que hoje ainda estejamos sob suas sombras. Essa transformação tem consequências metódicas. As testemunhas desaparecem — tanto as oculares como as auriculares. Com a extinção das lembranças, a distância não apenas se torna maior, como também sua qualidade se altera. Logo falarão apenas os atos, enriquecidos por fotos, filmes e memórias. Os critérios de pesquisa ficarão mais sóbrios, mas também — talvez — mais desbotados, não tão cheios de experiências, mesmo quando se propuserem a um maior reconhecimento e a uma maior objetividade. A consternação moral, as funções de proteção disfarçadas, as acusações e a atribuição de culpa da historiografia — todas essas técnicas de superação do passado perdem sua referência político-existencial e se desbotam em função da pesquisa científica detalhada e de análises hipotéticas, mesmo que suas intenções políticas de educar continuem evidentes.

Nesse contexto, surge agora uma coletânea de fontes de qualidade singular e espantosa: a edição de sonhos de Charlotte Beradt. Em 1933, com coragem e capacidade de antecipar a situação, Charlotte Beradt começou a questionar cerca de trezentas pessoas sobre seus sonhos. Esses sonhos viriam a ser resgatados apenas em 1939, no exterior, durante o exílio da autora nos Estados Unidos. Aqui, mais uma vez, uma geração de participantes tem a palavra — e do modo mais penetrante possível. Em uma interpretação prudente e sóbria, a autora nos leva para o meio social e político dos relatos e nos ajuda, com o conhecimento complexo de uma contemporânea, a esclarecê-los. Para não deixar dúvidas, esta coletânea dos sonhos não substitui, de modo algum, investigações sociológicas ou históricas e tampouco deve ser usada como estratégia de pesquisas econômicas, políticas ou biográficas. Ela oferece, porém, algo que nenhum outro tipo de fonte oferece. Vivemos uma surpreendente mudança de perspectiva, que nos ajuda a olhar para a frente e reconhecer o novo. Nesse sentido, a leitura deste livro joga luz sobre a controvérsia que hoje questiona, sob uma perspectiva errada, até que ponto Hitler — e, com ele, o nacional-socialismo alemão — foi um caso singular ou se ele foi apenas o epifenômeno de condições gerais sociais ou econômicas que não estavam limitadas à Alemanha, mas que nesse país adquiriram um cunho especial. Quem se envolver com a leitura desta coletânea de fontes logo reconhecerá que as respostas a essas questões estão totalmente relacionadas entre si. As fontes aqui apresentadas também mostram como certas circunstâncias deram origem a Hitler e como essas circunstâncias se manifestaram em sua figura. Hitler aparece umas vinte vezes nos sonhos. Os outros grandes daquela época — sobretudo Göring — aparecem mais raramente. Assim, torna-se claro que, seguindo a linha de Max Weber, não dá para separar a disposição psíquica da população alemã e a figura de Hitler como *Führer* carismático.

Para aqueles que pesquisam a história do Terceiro Reich, esta documentação dos sonhos constitui uma fonte de primeira categoria. Ela revela camadas que nem mesmo anotações de diários conseguem mostrar. Os sonhos relatados têm o caráter instrutivo de um evento, mesmo que tenham sido escritos posteriormente. Eles nos levam exemplarmente para o nicho do cotidiano aparentemente privado, invadido pelas ondas da propaganda e do terror. Produzem, desde o começo, um terror declarado, depois furtivo, antecipando sua violenta evolução.

Os sonhos, entretanto, pela necessidade de um cuidado metódico, pelo motivo plausível de sua falta de acessibilidade, não estão previstos entre as fontes das ciências históricas. Certamente isso não foi sempre assim. Por isso nos permitimos aqui um curto olhar retrospectivo, que deve nos ajudar a abrir caminho a esse campo de fontes.

Desde o surgimento dos relatos e contos históricos, os sonhos formam um elemento sólido daquilo que sempre pareceu valer a pena transmitir. Sua importância histórica o tempo todo esteve presente — não apenas nas chamadas culturas primitivas, mas também nas altas culturas. Muitas vezes, os dominadores precisaram interpretá-los para poder agir. Havia inclusive intérpretes oficiais e clericais de sonhos em instituições políticas e religiosas. Por toda parte os sonhos encontravam seus intérpretes, os quais ritualizavam seus modelos de interpretação, reagindo sobre o campo de ação e o comportamento da população. Os sonhos e suas ações pouco controláveis sempre foram trabalhados e integrados ao dia a dia das pessoas, independentemente de se provocados por costumes mágicos, se vivenciados como mensagens vindas de um reino de fantasmas e demônios, se compreendidos como o resultado de influências telúricas e cósmicas transmitidas pelo ar ou se surgidos na tradição judaico-cristã como revelação de Deus, no lugar de quem um anjo ou até o diabo podiam aparecer.

É justamente durante o sono, quando a pessoa parece estar só consigo mesma, que ela é atacada. Por isso ela desenvolve estratégias de alívio, visando a racionalizar suas visões, vivenciadas na maioria das vezes como ameaça. Todos os intérpretes tinham conhecimento de seus procedimentos empíricos, que se deixavam comprovar por meio de frequentes repetições de cenas sonhadas. Quando os sonhos continham cenas surpreendentemente novas, elas provocavam respostas extraordinárias. Sempre se tentou dar um sentido ao sonho. Durante séculos, inúmeros livros foram escritos para transmitir o conhecimento empírico acumulado. Os sonhos agrupavam, em sua aparente atemporalidade, todas as dimensões temporais. Eles eram vistos como uma duplicação noturna do que acontecia durante o dia, como restauradores de um passado que ficou para trás e, mais ainda, como indicadores do futuro. De acordo com o grau de compreensibilidade das cenas sonhadas, desenvolveram-se técnicas que, para além dos depoimentos diretos, esclareciam também os símbolos. Nesse ponto, Artemidoro de Éfeso já havia canonizado interpretações que puderam ser assumidas por Freud.

Em paralelo a essa compreensão institucionalizada dos sonhos, a história das altas culturas conhece também uma linha crítica igualmente forte. Reduzir cenas oníricas a um estímulo físico foi um dos primeiros passos para um esclarecimento. Da sofística à escola epicurista estabeleceram-se críticas de sonho que só com Fontenelle e Bayle ganharam uma força persuasiva decisiva. A partir de então, em vez de interpretar os sonhos, os esclarecidos da Idade Moderna adotaram o hábito de explicá-los psicologicamente, menosprezando-os como fantasias irrelevantes. Dentro da tradição cristã, porém, interpretações do sonho foram historicizadas e racionalizadas teologicamente. Sonhos sobrenaturais, enviados por Deus ou pelos anjos, permaneceram a princípio reservados ao passado, aos tempos dos dois testamentos. Mais tarde, as revelações acontecidas em sonho e as visões como as dos santos eram consideradas possíveis, mas também podiam cair na suspeita de heresia. Na tradição luterana, porém, manteve-se discutível se a grande visão de sonho de Frederico, o Sábio, na qual a Reforma fora antecipada, deveria ser entendida como providência divina ou como lenda. O homem culto do século 18 reduziu todos os sonhos a causas naturais. Desde então passou-se a dispensar, e não apenas por motivos teológicos, toda forma de inspiração onírica. Divina ou não, ela pertencia ao passado.

De fato, quando a técnica racionalista de redução menosprezou todos os sonhos, ficou também para trás, como uma questão aberta, a necessidade de interpretá-los. O Romantismo, entretanto, interessou-se por ela. Nem mesmo Ranke* temeu relatar o sonho de uma alegre duquesa da corte de Luís 14, mostrando-se disposto, no entendimento da ordem moral mundial, a aceitar a interpretação de um monge capuchinho que anunciou a morte dela.

Um especialista que tenta escrever uma história das mentalidades e dos comportamentos, assim como de sua respectiva autointerpretação, agirá bem ao incluir em seu estudo aquele mundo contrário dos sonhos, que nos foi transmitido dos tem-

---

* Leopold von Ranke (1795-1886), historiador alemão. (N.E.)

pos antigos. Ele pode, como Peter Burke sugeriu, escrever uma história social dos sonhos. Até agora, isso continua sendo um postulado, é claro. No entanto, atender a uma tal sugestão corresponderia a pelo menos considerar a autocompreensão de épocas anteriores, quando o evento do sonho ainda levava à interpretação do cotidiano. A história da crítica do sonho também faz parte disso. A coletânea aqui apresentada comprova como pode ser proveitosa a inclusão de experiências de sonho na investigação da história cotidiana.

Na história da interpretação dos sonhos, depois de os caminhos se ramificarem, Freud tornou-se uma referência. O impulso crítico da *Aufklärung* levou-o, no contexto de sua antropologia dos sonhos, baseada nas ciências naturais, não apenas a recuperar horizontes de compreensão antigos, mas também a ganhar horizontes recém-descobertos. A partir de então, a crítica tradicional às interpretações de sonho não pôde mais creditar para si, unilateralmente, a pura racionalidade. Com Freud, há uma racionalidade evidente, intrínseca aos sonhos, que seria insensato negar.

Apesar de não depender delas, este livro também pode ser abordado a partir de questões derivadas da escola freudiana. Em momento algum os sonhos foram relatados com uma intenção terapêutica. E, mesmo que tal intenção existisse silenciosamente, não se tratou de suscitar associações que pudessem remeter a interpretação dos sonhos à biografia particular de cada pessoa, visando a um diagnóstico. Da mesma forma, o livro não pretende apresentar testemunhas cujos sonhos surgiram no círculo da psicopatologia, da clínica psiquiátrica ou do divã. Trata-se aqui, sobretudo, de sonhos comuns do cotidiano, cuja normalidade e cuja trivialidade evidenciam ainda mais aquilo que é difícil de ser compreendido nos acontecimentos depois de 1933.

Do ponto de vista teórico, é possível definir três níveis nos quais os sonhos podem ser aproveitados metodicamente pelos historiadores. Primeiramente, eles podem, na condição de sonhos individuais, ajudar a revelar uma biografia específica. Há, nesse campo, várias tentativas interessantes relacionando acessos psicanalíticos à exposição histórica. Em segundo lugar, sonhos podem ser lidos também como um meio transpessoal de relações e conflitos sociais e políticos, que se estendem desde a família até formas políticas de organização. Esse contexto entra, naturalmente, nas terapias psicanalíticas; ao mesmo tempo, porém, ele pode ser metodicamente isolado. O presente livro nos mostra que há uma faixa de sonhos que não necessitam de tal isolamento, pois transferem os conflitos sociais e políticos imediatamente às histórias sonhadas e ao seu mundo de imagens. Finalmente, os sonhos podem ser lidos a partir de sua linguagem simbólica, que mais ou menos se fez valer ao longo do tempo. Nesse nível, são tratadas as questões de prazo e duração.

Todos os três níveis são habitualmente ofuscados um pelo outro e tematizados de formas diferentes, de acordo com a escola analítica. Quando se tem uma intenção terapêutica, um nível não pode ser compreendido sem referência ao outro. Para o historiador social, entretanto, esse processo não é de modo algum irrefutável. Considerando o ponto de vista dogmático do ensinamento freudiano, a interpretação dos sonhos aqui oferecida é reducionista. Com isso surgem alguns perigos, como a perda dos aspectos especificamente sociais e políticos, já que os sonhos poderiam ser interpretados também do ponto de vista psicológico individual — como no caso de pesadelos impetuosos, lidos como desejos dissimulados, reduzidos a conflitos de infância não resolvidos. A autora desta coletânea, entretanto, foi consequente ao se recusar a apresentar os sonhos como testemunhos de conflitos pessoais. Para preservar o teor político da vivência de cada sonho, ela deixou de lado todos aqueles sonhos cujo vértice erótico não vai além do âmbito da biografia particular. Em contrapartida, foram incluídos os sonhos eróticos cujo conteúdo se referia claramente a figuras políticas, como Hitler. Charlotte Beradt também prescindiu de apresentar sonhos puramente violentos e pesadelos, pois estes podem aparecer por toda parte e não testemunham nada de específico sobre o tempo do nazismo.

Um uso apropriado dos testemunhos aqui apresentados depende inteiramente de uma tese simples e ao mesmo tempo forte: a de que nos sonhos — sem prejuízo de sua psicogênese — se manifestam vivências imediatas do Terceiro Reich, experiências que permaneceram especificamente ligadas aos seis anos entre 1933 e 1939 e à dominação nacional-socialista. Disso não se tem dúvida alguma.

São muitas as indicações sobre a Berlim da época, de onde vem a maioria das testemunhas. Aparecem a Kurfürstendamm, o Reichstag e seu incêndio, o trem urbano, a Kaufhaus des Westens, os cafés à beira do Havel — ou as trilhas nas Montanhas dos Gigantes —, só para mencionar alguns locais. Esse ambiente nativo é remodelado pelos indícios e sinais dos novos tempos, que se sobrepõem ao dia a dia: os letreiros, os slogans e as bandeiras, as medalhas e os distintivos, as caixinhas de coleta e as colunas em marcha. Em 50% dos sonhos surgem ainda as organizações uniformizadas do partido, a Juventude Hitlerista, a SA, a SS e também — duas vezes — campos de concentração, mesmo que estes não tenham feito parte da experiência direta das pessoas entrevistadas. Todas as imagens de sonho mostram a nitidez política da cena daquela época.

São várias as causas empíricas que derivam dos próprios sonhos ou que são explicadas pela autora — como a prisão de um parente, a coleta para a Assistência de Inverno ou a dissolução de um noivado com um judeu alemão —, assim como são vários os ensejos que evocaram os sonhos.

Quem questiona a representatividade será forçado a fazer suposições. Mas é fácil tirar algumas conclusões. Charlotte Beradt permite que cerca de cinquenta pessoas contem seus sonhos em toda a sua extensão. Em algumas ocasiões, a autora apresenta uma série de sonhos seguidos, para deixar bem claras as variações daquelas investidas e suas dificuldades. Cerca de vinte pessoas dão mais de um depoimento, de modo que as repetições de algumas cenas políticas sonhadas ganham uma força marcante e caracterizam um tipo de vivência.

Com frequência, é possível deduzir do próprio sonho o status social da pessoa. De modo algum, entretanto, conseguimos interpretar o conteúdo do sonho só a partir de sua posição profissional, social e política. De toda forma, Charlotte Beradt revela a profissão das pessoas cujos sonhos foram relatados, deixando clara a ampla gama de testemunhas: do dono de uma fábrica à faxineira, de artesãos a vendedores de legumes, passando por estudantes, médicos e funcionários públicos. Constantemente são donas de casa de todas as idades que têm a palavra. É claro que o círculo de testemunhas abrange uma quantidade limitada de pessoas, mais especificamente aquelas que não simpatizam, pelo menos não abertamente, com o novo regime. Entre elas há vários judeus e — com variantes marcantes dos sonhos — pessoas que foram classificadas pelas Leis de Nuremberg como "mestiças" em diversos graus. Assim, pode-se pelo menos dizer que as testemunhas aqui apresentadas respondem por aquelas camadas burguesas, pequeno-burguesas ou meio burguesas que se movimentavam fora do partido e de sua organização. Os sonhos vêm de uma esfera na qual se encontrava, no início, a maior parte da população. Não se trata de nacional-socialistas, mas de cidadãos que, no espectro partidário da República de Weimar, podem ser vistos como de centro-esquerda — além de algumas pessoas que tomaram conscientemente o caminho da oposição.

Sem querer me antecipar à interpretação perspicaz da autora, algumas observações sobre a forma e o conteúdo dos sonhos são necessárias. Sob que aspectos formais se enquadram como fontes os sonhos aqui apresentados? Apesar de não serem produzidos de forma intencional, os sonhos pertencem ao campo da ficção humana. Eles não oferecem uma apresentação factual da realidade, mas lançam uma luz particularmente forte sobre aquela realidade da qual provêm.

Depois de registrados, os sonhos são tidos como textos ficcionais. Neste livro, encontramos sonhos que, no que se refere a suas características formais, podem ser classificados em três grupos: aqueles que trazem meras imagens, os que apresentam simples citações e os sonhos de ação. Estes últimos são os predominantes. São, por assim dizer, histórias com imagens, nas quais ora se fala, ora se perde a capacidade de comunicação. Em sua estrutura interior, trata-se frequentemente de histórias curtas, com início e fim. A densidade e a concisão de seu testemunho aproximam esses sonhos dos contos de Kleist, Hebel e, sobretudo, de Kafka. Algumas passagens são literalmente encontradas em poetas contemporâneos. Mas nossa autora aponta com razão para o fato de que essas histórias curtas frequentemente antecipam situações paradoxais, que mais tarde viriam a ser representadas por Beckett, Ionesco ou Orwell. Ninguém poderá negar que as curtas histórias sonhadas têm uma qualidade poética. Elas guardam semelhança com a poesia que, falando de modo aristotélico, não conta o que aconteceu, mas, sobretudo, o que poderia acontecer. A probabilidade de várias dessas histórias virem a se tornar realidade era maior do que empiricamente parecia na época em que foram sonhadas. Elas antecipam o empiricamente improvável, que, mais tarde, na catástrofe do declínio, se tornou real. Nesse sentido, essas histórias tinham um valor de prognóstico.

É claro que o valor de prognóstico não pode ser reduzido apenas ao futuro pessoal daqueles que tiveram um determinado sonho, apesar de essa ser muitas vezes a abordagem da interpretação tradicional. O costume de deduzir dos sonhos decisões particulares para o futuro ou desgraças próximas não foi empregado aqui de forma tão ingênua. Este livro procurou trabalhar, de forma perspectiva, experiências que podiam ser generalizadas, que articulavam possibilidades do domínio totalitário, inimagináveis até então.

É exatamente essa qualidade poética dos sonhos que nos permite tirar desse gênero de fontes constatações que jamais poderiam ser coletadas por relatos factuais. Ninguém pode impedir um historiador de elevar uma testemunha à condição de fonte quando ele a questiona metodicamente. Assim como pode considerar qualquer unidade de texto ficcional um testemunho indireto da realidade, ele também pode questionar o sonho. A realidade transformada no sonho ganha uma dimensão obscura, que não se pode apurar a partir de outras fontes. Das histórias que primeiro são sonhadas e só depois contadas podemos tirar conclusões que colaboram para uma visão da realidade que estava sendo reconstruída no Terceiro Reich emergente.

Nessa medida, os sonhos se aproximam da anedota política ou do cabaré político, ou remetem àquela quebra da experiência que parece vir de um hospício ou que é cultivada hoje no humor sombrio. Para que possamos ler os sonhos, faz-se sempre necessária uma arte de interpretação que seja capaz de reatar textos ficcionais à história do supostamente factual.

Esse acesso ganha importância na medida em que toda história factual, assim que é escrita, cai em um constructo histórico. A produção do sonho é, em si, um "fato" sui generis. Exatamente porque as histórias sonhadas não aconteceram bem da forma como são contadas, elas jogam luz sobre o que de fato deve ser compreendido. A facticidade ganha uma variedade de níveis, em que está contido o trabalho de compreensão dos sonhos.

Com isso chegamos ao conteúdo em si. O que temos aqui são sonhos que reagem a uma enorme pressão externa. A pressão externa é produzida por propaganda e terror. O terror declarado se dirige contra indivíduos e grupos bem definidos. Ele procede seletivamente para colocar uma ampla massa sob pressão. Seu eco repercute de todos os sonhos. No entanto, é decisivo o fato de ser menos o terror declarado que é trazido para a discussão, e mais o terror gradual, que atua primeiramente pela propaganda, atrás da qual a ameaça se esconde.

O teor do testemunho dos sonhos pode ser dividido em duas camadas. As histórias de sonho contadas atestam — como textos ficcionais — o terror e, ao mesmo tempo, são formas de execução do terror em si. O terror não só é sonhado — os próprios sonhos são também componentes do terror. São ditados no corpo. Todas as histórias reproduzem uma vivência que deixou marcas — elas contêm uma verdade interna que mais tarde viria a ser não apenas confirmada pelo Terceiro Reich, mas também imensamente excedida.

A adaptação furtiva ao novo regime, a subjugação por má consciência, a espiral do medo, a paralisia da resistência, o jogo entre carrasco e vítima — tudo isso surge nos sonhos com uma leve transformação das imagens, frequentemente de modo muito realista. O resultado é impressionante.

As pessoas cujos sonhos foram coletados para este livro veem todo o aparato da civilização moderna sendo posto em movimento, veem como elas mesmas passam a fazer parte dele, orientando, mudando ou deformando seu próprio comportamento. Ministérios, postos alfandegários com seus vigias, escolas com seus boletins e exames, casernas, prisões, os correios ou a central de eletricidade, hospitais e delegacias, chefes e técnicos... todo esse aparato surge não apenas para facilitar ou regular o dia a dia moderno, mas também para fazer com que as pessoas percam sua integridade pessoal. Nos sonhos, mostra-se de forma angustiante como isso acontece com a ajuda das organizações nazistas. As pressões para cantar junto, saudar, falar em coro e participar... pressões às quais as pessoas tentam escapar, à medida que se subjugam a elas. Os próprios pensamentos são manipulados — adaptando-se ao teor dos ditos propagandísticos ou sendo totalmente absorvidos por ele. Todas as variantes de obrigação estão presentes aqui: desde "ter que falar" até "ter que calar-se" — e mesmo a proibição de sonhar, como última consequência do terror nesse meio que é o sonho.

O que temos aqui são sonhos de perseguidos e, sobretudo, daqueles que se adaptaram ou que queriam se adaptar e não podiam. A pessoa é isolada e, para não desmoronar, subjuga-se à pressão da conformidade, que lhe permite sobreviver às custas de sua liberdade interior. Ao se inserir no sistema do absurdo, ela se livra aparentemente de seu próprio desespero, do desdobramento de personalidade. Dessa forma, torna-se também possível sobreviver na perversão. Tudo isso é desvendado pelo sonho: ele não mostra a realidade exterior, como ela se apresenta no dia a dia, mas sim uma estrutura nela escondida. Os sonhos revelam aquelas forças propulsoras secretas e a obrigação de se adaptar a partir das quais as ondas de entusiasmo foram colocadas em movimento, carregando ou arrastando as pessoas na época. Apresentam ao mesmo tempo, sem piedade, uma conta fatal, que não pode ser paga. Nesse sentido, nossas testemunhas foram verdadeiramente realistas.

Os sonhos desenvolvem então, a partir de seu status de fonte ficcional, uma dimensão antropológica, sem a qual o terror e sua eficácia não podem ser compreendidos. Como já foi dito, não são apenas sonhos sobre o terror, mas primeiramente e sobretudo sonhos sob o terror, que persegue a pessoa até dentro de seu sono e a altera furtivamente. Do ponto de vista freudiano, deve-se destacar o fato de que, nas histórias relatadas por Charlotte Beradt, o conteúdo latente e o conteúdo manifesto do sonho quase se tornam idênticos. O significado político dos sonhos, mesmo que por trás deles se escondam destinos particulares, influenciados pela sociedade, permanece imediatamente compreensível. Usando uma metáfora psicanalítica, pode-se dizer que as experiências e ameaças se derramaram sobre o porteiro e inundaram, sem impedimentos, o que chamamos de subconsciente. Aqui surgiram histórias em imagens, cuja agudeza política alcançou imediatamente a consciência.

A eliminação das paredes por meio de decretos tira toda a proteção do espaço privado. O alto-falante não deixa dúvidas: sua casa será demolida devido a um controle, que, em nome da comunidade, pode ser executado por qualquer um e por cima de qualquer um. A pressão angustiante de um advogado judeu para dar lugar, voluntariamente, a um pedaço de papel não precisa ser traduzida para aqueles que tomam conhecimento dessa história. Em uma paralisia criada por ele mesmo, o improvável torna-se real. O perseguido entrega-se a uma absurdidade tão existencial quanto banal antes que esta seja nele executada. Pelo visto, há uma razão do corpo que vai mais longe do que o medo que permite ao advogado agir acordado. Sabendo disso, ele pôde mudar sua situação.

Quando se pretende reduzir tais histórias a apenas uma disposição não suficientemente trabalhada da infância das pessoas que as sonharam, diminui-se sua dimensão político-antropológica. Olhando em retrospectiva, tais modelos terapêuticos de interpretação são considerados insignificantes, não podendo mais ser aplicados; além disso, eles perdem a compreensão espontânea que se poderia obter dos conteúdos políticos e sociais dos sonhos. Ao anunciarem uma verdade escondida na realidade, mas que ainda não se tornou clara empiricamente, os sonhos aqui apresentados têm algo semelhante. Todas as modalidades temporais reluzem neles: a origem nos tempos guilherminos e na República de Weimar, o presente da rotina organizada de forma cada vez mais cerrada e o potencial prognóstico liberado pelo sonho. O conteúdo dos sonhos é tão opressivo quanto estava intacta a capacidade de percepção de quem os teve. As dimensões temporais do mundo vivenciado eram ainda tão ordenadas que se deduzia ser possível a liberdade de ação. Aquilo que, individual e psicologicamente, seria visto como um sonho de desejo velado ou como um pesadelo declarado pode, do ponto de vista político, ser encarado como um sonho de alerta; aliás, foi assim que muitos desses sonhos foram compreendidos pelas vítimas potenciais. Da capacidade de fazer aparecer esses medos secretos e desejos mudos em histórias vivas, politicamente cheias de simbolismo, podia-se adquirir uma liberdade cuja perda era uma ameaça cada vez mais visível. Os estrangeiros, que entravam às vezes nos sonhos como figuras ideais e independentes de contraponto, eram, por assim dizer, o melhor "eu" de uma migração interna ou externa. Em todo caso, os sonhos eram adequados para libertar uma ação possível para além do registro do terror. Aparentemente, as testemunhas ainda dispunham de um movimento intacto, que lhes permitia fazer prognósticos. O que em sonho surgia como paralisia também continha força para confrontá-la no estado desperto. Para que uma interpretação individual e psicológica se era possível resolver os conflitos políticos travados no interior das pessoas com esses sonhos? Subjugar-se ao terror no sonho significava resistir fortemente a ele no dia a dia.

Isso muda totalmente de figura quando dirigimos o olhar para os sonhos que nos foram relatados dos campos de concentração. Charlotte Beradt conta de um homem jovem que só sonhava com retângulos, triângulos e octógonos, "pois é proibido sonhar". Jean Cayrol,* que escapou de um campo de concentração, nos fala sobre sonhos sem vida e sem objetos. Comum a todos os sonhos de campos de concentração é o fato de o terror deixar de ser sonhável. Nesses casos, a fantasia do horror é excedida pela realidade. Por isso tais sonhos adquirem uma outra dimensão antropológica.

Cayrol faz uma diferenciação entre sonhos de futuro, que se prendem, cheios de esperança, às lembranças anteriores aos campos, e sonhos de salvação, que deixam para trás todas as vivências tidas até então. Os sonhos de futuro podiam se tornar perigosos, pois se aproximavam de uma ilusão. Eles abriam um quadro animado da terra natal para além do arame farpado eletrificado, da terra natal que o prisioneiro procura e chama de volta, mas da qual foi irrevogavelmente isolado. A quase facticidade do campo é desvanecida e o passado é desejado para o futuro. Esses sonhos eram frequentemente prenunciadores da morte. Frankl** relata sobre um companheiro prisioneiro que sonhou com a data de sua libertação, que veio a ser o dia em que morreu no campo. O sonho de desejo, que

---

* Jean Cayrol (1911-2005), poeta francês, membro da resistência durante a ocupação nazista na França, em 1943 foi enviado ao campo de concentração de Mauthausen-Gusen. (N.E.)

** Viktor Frankl (1905-1997), neuropsiquiatra austríaco, descreveu sua experiência em campos de concentração no livro *Em busca de sentido: um psicólogo no campo de concentração*. Petrópolis: Editora Vozes, 1991. (N.E.)

parecia prometer a segurança da vida caseira e da esperança, tornou-se sinal do fim.

Cayrol confrontou esses sonhos de futuro com os sonhos abstratos e sem ação que ele vivenciou e que entende como sonhos de salvação. Renunciando a qualquer dimensão temporal, eles correspondem à experiência do campo de concentração. O que na vida normal é um prenúncio da desintegração da consciência, a destruição egocêntrica do mundo da experiência intersubjetiva, que termina em puro anacronismo, adquire sob as pressões inversas do campo de concentração um significado surpreendente. Nos campos dominavam condições que escarneciam de todas as experiências vividas até então, que pareciam ser irreais, mas eram reais. A pressão para se tornar irreal, para, no sistema violento da SS, conseguir manter um nível mínimo de vida, também levava a uma inversão da experiência do tempo. Passado, presente e futuro deixavam de ser uma linha de orientação do comportamento. Essa perversão inscrita no corpo precisou ser experimentada para que dela se pudesse libertar. É o que os sonhos de salvação testemunham. Esses sonhos, que não mais traziam a pessoa para a realidade, acabaram se tornando — apesar do paradoxo — símbolo das chances de sobrevivência. Tais sonhos não contêm nenhum sinal de realidade que possa ser lido do ponto de vista político e social. Pode-se dizer que o efeito político de tais sonhos é justamente o fato de eles serem apolíticos. É preciso ir mais longe com Cayrol para ver no sonho de salvação os atos de uma posição de resistência por ele mesmo escondidos.

Essas indicações devem ser suficientes para considerarmos os limites locais e temporais dentro dos quais podemos utilizar os sonhos apresentados como fontes para uma antropologia político-histórica. A interconexão de sonho e realidade, que remetem um ao outro, muda com o local e a época do acontecido.

Mas exatamente aí está o valor histórico e inédito dos nossos depoimentos oníricos. O sofrimento e o terror extremo dos acontecimentos por vir estavam embalados na euforia e no delírio do presente, o futuro estava de algum modo presente, e foi isso que os sonhos aqui apresentados desvendaram.

REINHART KOSELLECK
Um dos principais historiadores alemães do século 20, Koselleck (1923-2006) publicou, entre outros, Futuro passado: contribuição à semântica dos tempos históricos *e* Estratos do tempo: estudos sobre história *(ambos pela Contraponto Editora)*

POSFÁCIO

Sonhos sob a ditadura[1]

Acordei banhada em suor, com os dentes cerrados. Mais uma vez, como em inúmeras noites anteriores, eu fugia como uma louca; tinha sido baleada, torturada, escalpelada. Naquela noite, porém, achei de repente que talvez eu não fosse a única entre milhares de pessoas que a ditadura condenara a ter tais sonhos. O que acontecia nos meus sonhos também acontecia nos delas: fugir esbaforida pelos campos, esconder-se em torres de alturas vertiginosas, acocorar-se dentro de covas, sempre com a SA no encalço.

Então comecei a perguntar às pessoas sobre os seus sonhos. O senhor K., dono de uma fábrica, contou-me: "Tive um pesadelo no qual não havia tiros nem sangue escorrendo. Goebbels chega à minha fábrica. Manda os funcionários se alinharem em duas filas de modo que estivessem de frente um para o outro. Eu devo ficar entre elas e fazer a saudação a Hitler com o braço. Levo cerca de meia hora para levantar o braço. Goebbels observa meu esforço como se assistisse a um espetáculo, sem expressar nem aprovação nem desagrado. Quando finalmente consigo erguer o braço até o fim, ele diz apenas seis palavras: 'Eu não desejo a sua saudação'. Daí vira-se e vai na direção da porta de saída. Eu fico exposto daquela maneira em minha própria fábrica, entre meus próprios trabalhadores, com o braço levantado. Nunca na minha vida me senti tão humilhado. Permaneço nessa mesma posição até acordar".

O senhor K., um homem corajoso e com muita força de vontade, tremia abalado quando se lembrou do sonho que havia tido algumas semanas antes. Esse sonho era diferente. Não foi o medo da violência bruta que o desencadeara, mas apenas a pressão que a ditadura exercia sobre a mente desse homem. Se eu encontrasse vários desses sonhos de almas torturadas, poderia comprovar de forma incontestável o que uma ditadura era capaz de provocar!

A partir daquela noite passei a coletar sistematicamente relatos de sonhos sob a ditadura. Eu não disse àquelas pessoas por que lhes perguntava sobre seus sonhos, pois não queria influenciar nenhuma resposta. Não foi tão fácil obtê-las. A maioria queria esquecer aqueles sonhos insuportáveis ou pelo menos não gostava de falar sobre eles. Às vezes eu conseguia fazê-las relatar seus sonhos, mesmo contra a vontade delas, contando os meus ou os de outras pessoas. Eu anotava cada sonho detalhadamente.

SONHOS COM AUTORIDADES, LEIS, DECRETOS

Foram sobretudo inúmeros escritórios e autoridades, leis, proibições e punições que desencadearam os mais variados pesadelos. Um funcionário público, cuja vida cotidiana estava envenenada pelo medo da denúncia, criou no seu sonho um "Serviço de Controle de Telefonemas". Este trabalhava com métodos sofisticados e o acusava do crime de afirmar para o seu irmão ao telefone: "Não encontro alegria em mais nada". Ele pediu e implorou para ser perdoado e para não relatarem nada só daquela vez, mas no fundo sabia que estava perdido. O dono de uma pequena loja em Viena sonhou que a lâmpada do abajur no canto da sala começou a falar de repente e que ela repetira para a polícia cada frase que ele havia proferido contra o governo e cada piada que havia contado. Ele também achou que estivesse perdido. Uma professora de matemática sonhou que escrever qualquer coisa relacionada com a sua área de conhecimento era proibido sob ameaça de pena de morte. Ela fugiu para um bar de má fama e lá, entre bêbados e moças seminuas, começou a escrever morrendo de medo algumas equações que lhe eram importantes. Uma bela jovem sonhou que quadros negros haviam sido colocados em todas as esquinas das ruas. Sobre eles havia vinte palavras que o povo estava proibido de pronunciar. Entre elas palavras bíblicas como "Senhor".[2] A última das vinte palavras era "eu". Outra mulher vagava em seu sonho dia e noite com o marido, de rua em rua, de moradia em moradia, sem encontrar alojamento, até que finalmente a proprietária de um hotel se pôs a declamar do modo e com os gestos da maldição de Ahasverus:

> É uma lei:
> Não deverás morar mais em lugar algum
> Mas andar assim pelas ruas
> Essa deverá ser tua vida.

A VERGONHA COMBINADA COM O MEDO

Muitas vezes, em sonhos sob a ditadura uma vergonha insuportável é acompanhada pelo medo. Assim sonhou um advogado, em cuja vida o prestígio desempenhava um papel importante:

Há dois bancos no parque, um normal e outro pintado de amarelo. Entre os dois há um cesto de lixo. Hesito no início, mas depois me sento sobre o cesto e penduro um cartaz no meu pescoço: "Se necessário, cedo lugar ao papel".

Uma jovem prestes a se formar como enfermeira sonhava todas as noites com uma versão atual do familiar sonho da prova. Ela passara na prova com "distinção", mas em seguida, cheia de horror e vergonha, ouviu o examinador declarar que sua vida profissional teria acabado: "Apesar de passar com distinção, vou reprová-la porque você pertence à Igreja Confessional". (A igreja do pastor Niemöller.)* Outra jovem ouvia quase todas as noites a voz da dona da hospedagem, que a atingia como uma machadada: "Meus inquilinos roubam como as Testemunhas de Jeová". (Seita religiosa da qual ela era uma adepta fanática.) Profundamente magoada, todas as vezes ela esperava que tivesse sido um lapso, que a mulher se corrigisse e dissesse "como os corvos", mas sempre se decepcionava.

Um escritor que estava com problemas com a Câmara Literária do Reino** (ele precisava pertencer a ela, caso contrário não poderia publicar seus livros) sonhou que fora convidado para passar uns dias com um dos seus melhores amigos, que vivia em uma pequena cidade a algumas horas de trem. À noite, durante uma festa em sua homenagem, o anfitrião lhe fez um discurso exaltando a amizade inabalável. De repente apareceu um vizinho e advertiu o amigo: essas festas não estariam de acordo com a linha do partido, ainda mais com convidados

---

* Martin Niemöller (1892-1984), pastor luterano alemão que se opôs ao regime nazista.

** Durante o nazismo, a chamada Reichsschrifttumskammer controlava todos os profissionais da área da escrita, como escritores, editores, bibliotecários, entre outros.

pouco confiáveis... Imediatamente ele foi expulso da casa e o anfitrião nem perdeu tempo para dizer a ele as conexões do trem. Então ele se viu à noite no meio da rua, na chuva, e um olhar para o relógio mostrou que o amigo mudara de opinião em apenas dez minutos. A humilhação aumentou ainda mais frente ao fato de que sentia vergonha do amigo, a quem havia amado a vida toda.

Uma protestante idosa e devota juntou à humilhação a que havia sido submetida a vergonha que sentia pelo povo alemão. Sonhou que desmaiara numa das esquinas mais movimentadas de Berlim. Nenhuma das centenas de pessoas que passavam a ajudou a se levantar, ninguém sequer olhava ao redor... "'Como é que as pessoas sabem que *precisam* me deixar aqui largada porque acredito no meu Senhor Jesus Cristo?' No meu sonho reflito intensamente sobre isso. Fico aliviada quando percebo que a pessoa mais próxima, uma vendedora de jornais, está sentada em um carrinho paralisada e não pode me socorrer."

Não apenas o método, mas também a ideologia da ditadura desencadeia todo tipo de pesadelo. A teoria da superioridade da raça loira busca vítimas entre os que têm cabelo escuro. Outros são arrancados do grupo social ao qual se sentem pertencentes e atribuídos a outro grupo aleatoriamente. Eles respondem transformando o conceito de grupo em uma *idée fixe* em seus sonhos. Certo homem chegou ao ponto de não falar mais sozinho em sonhos, apenas em coro. No entanto, mesmo sendo típicos, esses sonhos são complicados demais para serem reproduzidos aqui.

SONHOS DOS QUE ATUAM NA CLANDESTINIDADE

Todos os sonhos reproduzidos até agora têm algo em comum. Os sonhadores sofrem sem fazer nada. Não lhes ocorre resistir, pois o medo está enraizado neles. Um membro da Resistência que combatia a ditadura na clandestinidade teve outros sonhos: ele tornou-se ativo, lutou. Na primeira parte de seu longuíssimo sonho, folhetos impressos desempenham um papel importante; ele é descoberto e tomado pelo medo durante horas. Na segunda parte, a Gestapo já está subindo as escadas; ele tranca a porta, mas a fechadura cai, então foge pela janela. Na terceira parte do sonho, durante a fuga percebe dois homens em frente a um famoso café e um deles sussurra ao outro: "Temos que protestar". Ele se põe entre os dois, coloca as mãos sobre os seus ombros e grita em direção ao café: "Vamos protestar!". Daí continua a correr, arrastando ambos com ele. No final do sonho os três correm lado a lado, gritando alto em coro: "Vamos protestar!".

E mais uma pessoa tornou-se ativa: a esposa de um homem cujas atividades clandestinas foram descobertas, mas que conseguiu escapar atravessando a fronteira. Em cada um dos sonhos dela, o marido retorna para continuar o trabalho, é descoberto e encarcerado. Certa noite ela sonhou que ele voltava disfarçado de soldado alemão: "Tive medo de que não se comportasse direito, pois ele não conhecia bem os militares. Corri a um quartel para roubar instruções de serviço. Queria costurar uma tira de sargento na sua gola para que os soldados com postos mais baixos tivessem de saudá-lo de imediato e ele não se tornasse suspeito por cumprimentá-los de forma errada".

Esse sonho, porém, logo saiu do campo da ação de volta ao do sofrimento; o marido foi preso e a esposa, levada a um porão que parecia um crematório. Na parede havia um compartimento no qual o marido dela estava deitado e onde se lia: "Local com 770 centímetros cúbicos, temperatura de 75 graus".

SONHOS QUE PREVEEM O FUTURO

Pesadelos que preveem o futuro — esse tipo particular de sonho foi reservado aos judeus, o grupo perseguido mais cruelmente. Uma mulher com cerca de setenta anos sonhou: "Meu marido e eu havíamos emigrado para um país distante. Estávamos completamente sozinhos, ninguém nos ajudava. 'Por que não retiramos o dinheiro da poupança?', perguntei ao meu marido. 'Porque não tem mais nada lá.' 'Então vá buscar dinheiro no banco.' 'Não temos mais nada.' 'Então pegue um pouco do cofre.' 'Também não há mais nada lá dentro.' 'Então tire da sua carteira.' 'Mas não temos mais nada.'".

Os pesadelos de seu marido iam ainda mais longe: quando Hitler lhe permite — como em um conto de fadas — realizar *um* desejo, ele responde sem hesitar: "Um passaporte para mim e minha esposa".

Passaportes, documentos, vistos — esses papéis transpassam como um fio condutor pelos sonhos muito antes de serem realmente necessários. Um homem sempre carrega todos os documentos consigo aonde quer que vá. Outro, que de repente se encontra no meio de um naufrágio, não pensa em como se salvar, mas em como salvar seus documentos. E depois do naufrágio sua primeira preocupação é com os documentos.

Todas as pequenas e as grandes dificuldades — para onde ir e o que acontecerá depois? — são antecipadas pelo esgotamento mental dessas pessoas. Elas são detidas nas fronteiras; não podem aterrissar em outro país; são ridicularizadas porque não pronunciam as palavras corretamente, de modo que nem ousam falar; dormem em grupos de seis em um único quarto; têm medo de paredes vazias e pátios escuros; passam por ruas que não conhecem, ouvem uma música alemã e têm vergonha de seus próprios sentimentos. Um sonhador escolhe um mosteiro trapista como o local assustador para o seu sonho profético, pois tem medo de precisar se calar em uma língua estrangeira. O sonho de outro homem o leva "ao último país do mundo onde os judeus ainda são tolerados". Ele chama o país apenas dessa forma; não há outro nome para ele. Parece estar no fim do mundo, porque tem que atravessar a Lapônia e nenhum outro caminho o leva até lá. Ele fica bem feliz quando finalmente alcança a fronteira a pé; sente-se esmagado pela bagagem pesada, sua mãe cega e sua mulher estão com ele. Deixou para trás muitos quilômetros atravessando o gelo e a neve, mas na sua frente está agora um funcionário da alfândega sorridente e cordial, de rosto rosado como um porquinho de marzipã, que pergunta: "Pois não, senhor?" O viajante lhe entrega seu passaporte e diz: "Eu sou professor...". "Você é um judeu", grita o funcionário depois de olhar o passaporte com um grande J vermelho.

Esse é o pior tormento para essas pessoas — o medo de que as perseguições não fiquem para trás, no país antigo. Um homem sonhou que se sentia bem no novo país e podia pagar sua primeira viagem de férias nas montanhas. Até que acontece isto: no pico mais alto do continente estrangeiro, o guia tira a capa e o capuz e se põe diante dele, totalmente vestido com um uniforme da SA.

SONHOS DE DESEJOS INCONSCIENTES

O polo oposto desses pesadelos são os sonhos de desejos. Eles não mostram uma variedade tão grande. O que eles expressam é um anseio natural por igualdade e reconhecimento, por coisas perdidas. Sonhos como esses também são cheios de sofrimento, embora pareçam absurdos ou mesmo repulsivos à primeira vista. Assim como os pesadelos, mostram como as feridas infligidas pela ditadura machucam e sangram, mesmo que não sejam lesões físicas.

Um oftalmologista que perdeu o emprego em uma clínica sonha que está tratando Hitler. Foi escolhido porque somente ele podia realizar o tratamento. Um advogado forçado a pedir demissão sonha que trabalhava para um órgão governamental. O próprio Göring inspeciona seu escritório e lhe acena com a cabeça, satisfeito.

Dezenas de mulheres sonham quase o mesmo sonho. Estão assistindo a um espetáculo, sentadas na primeira fila ou em um camarote bem iluminado no teatro. De repente entra um líder nazista, geralmente o próprio Hitler. Ele aperta a mão delas e quando dizem que são católicas, judias e social-democratas, ele diz: "Não me importo". Muitas vezes as mulheres sentem-se indignadas e ofendidas frente a essa falta de honestidade, mas também há ali um sentimento de satisfação. Uma jovem sonhou que Goebbels lhe dera pessoalmente um folheto durante uma festa popular. Ela descreve assim os seus sentimentos: "Tentei apenas dar uma gargalhada e não ter orgulho disso". Outra jovem, descendo um grande lance de escadas com Hitler em Munique, cidade natal dela, na presença de muitas pessoas, pensou cheia de esperança: "Agora todo mundo vê que ele está aparecendo comigo; talvez ele não seja tão ruim assim...".

Chama a atenção como os sonhos de vingança são raros, o que mais uma vez prova como o medo atinge profundamente o inconsciente. Um trabalhador que havia sido demitido por não ter ingressado na SA sonhava, sempre de forma variada, que precisava pagar impostos em dobro e que no correio não lhe vendiam selo algum. Um estrangeiro aproxima-se e afirma ao funcionário atrás do balcão (que muitas vezes veste o execrado uniforme) o que o trabalhador sempre gostaria de dizer, mas não ousava: "O senhor está tratando este homem de forma ultrajante, vou contar sobre isso no exterior".

A única pessoa que conheço que contradisse Hitler em um sonho é uma mulher. No sonho, ele não se parecia como nas fotos, tinha um rosto redondo e bondoso. Ela simplesmente lhe disse: "Você deveria ter agido de forma diferente em tal e tal assunto e assim teria se tornado um grande homem". De repente ela se viu em outra sala cheia de homens da SS que se esbarravam, apontavam na sua direção e diziam um para o outro, com o maior respeito: "Vejam, esta é a dama que criticou o chefe".

Quando cheguei aos Estados Unidos, encontrei uma jovem que eu já conhecia; ela sofrera muito com pesadelos na Alemanha. Depois de fugir, só sonhava com a vida sob a ditadura quando alguma experiência a levava de volta às lembranças dos métodos de opressão. Um dia, no metrô, ela estava lendo um livro que era proibido na Alemanha. À noite, sonhou que uma criança a denunciara por causa disso. Mais tarde passou a sofrer com um único pesadelo: o de que a forçavam a voltar para a Alemanha nazista. Depois de viver um ano nos Estados Unidos, sonhou que escrevera um poema de doze versos na língua do seu novo país. Tratava-se de um livro e de algum acontecimento nos EUA que ela considerava importantes. Esqueceu os primeiros oito versos. Os quatro últimos são:

> *I can sit for hours*
> *Calling every tree,*
> *Reading through my window,*
> *America, of thee!**

CHARLOTTE BERADT

---

* "Posso sentar por horas/ Chamando cada árvore/ Lendo através da janela,/ América, de ti!"

POSFÁCIO

Uma pequena contribuição para a história do totalitarismo

Talvez devamos *Sonhos no Terceiro Reich* a uma dessas coincidências que, em retrospectiva, se mostram urgentes. Nova York, primavera de 1962. Charlotte Beradt está lendo o livro *Gedichte und Prosa*, do seu amigo Albert Ehrenstein, editado pelo grande conhecedor do expressionismo Karl Otten, para quem ela escreveu um comovente ensaio sobre o poeta já falecido.[1] Durante a leitura, ela se depara com uma carta de Ehrenstein de setembro de 1941, escrita logo depois da chegada dele a Nova York. É nessa carta que se encontra a pista que desencadeia tudo. Ehrenstein menciona a revista *Free World*, para a qual poderia escrever ocasionalmente.[2] E de repente lhe veio à memória:

> Prezado Karl Otten, o senhor interferiu de novo na minha vida e isso aconteceu desta maneira: ao mencionar [!] *Free World* na carta de AE [Albert Ehrenstein, N.T.], voltou ao primeiro plano das minhas memórias algo que agora forma o complemento desta carta. Tenho uma coleção de sonhos que as pessoas sonharam nos anos 1930 sob a ditadura e por causa da ditadura; não aqueles em que elas eram espancadas até sangrarem, mas os que mostram como

a ordem dominante do dia a dia as assombrava até a noite. *Sleep no more, Hitler does murder sleep* —[3] isso é evidente hoje, mas de forma alguma naquela época. Anotei esses sonhos, como me foram relatados, com palavras codificadas — tio, gripe, terno preto, por exemplo, correspondiam a Hitler, prisão, uniforme da ss — e os enviei para o exterior, onde me esperaram até a minha chegada. Mas havia tantas coisas esperando por mim — uma cadeia de operações de Beradt,[4] em meio à construção de uma modesta existência —, que eu poderia muito bem montar um ensaio a partir desse material, como panorama, na esperança de que alguém pedisse o material todo e o avaliasse. Isso não aconteceu; apesar de a revista ter sido publicada em seis idiomas, até mesmo em chinês, o material acabou se perdendo no *anti-Hitler-stuff*, o que havia muito. Talvez isso até tenha sido bom, porque agora eu mesma posso fazer algo com o material, hoje desprovido de atualidade. Como podemos e devemos publicar isso é o que pergunto ao melhor dos editores. De modo geral, o que me interessa, naturalmente, é a questão humana; o que o psiquiatra ou o analista dizem sobre isso vem em segundo plano. Vejo que meus sonhos coletados correspondem ao reconhecido esquema de sonhos — e o ensaio também os ordena dessa forma —, mas o que me importa é a intromissão da ditadura, desde o início, na parte mais privada do ser humano, a noite e o sono. Além do ensaio, anexo alguns exemplos: o kafkiano; a antecipação de horrores desconhecidos na época, como, por exemplo, fornos em chamas; a proibição de entrar em lojas e o destino dos emigrantes em cada detalhe vão chamar a atenção do senhor. Tenho dezenas de sonhos assim, são quase uma repetição. Não acredito que tal coisa já exista e talvez seja bom que só agora, desprovida de atualidade, ela venha à tona como uma pequena contribuição para a história do totalitarismo. Nesse contexto, isso provavelmente seria de especial interesse para cientistas sociais e políticos, bem como para psiquiatras — além do público geral. Lamento ocupar seu tempo; por outro lado, se o tema não o prende, as chances de cativar alguém, além dos especialistas, são mínimas. Atenciosamente, Charlotte Beradt.[5]

Os complementos mencionados também se conservaram. Beradt anexou uma cópia do ensaio *Dreams Under Dictatorship* com correções à mão, assim como protocolos datilografados dos sonhos. Karl Otten ficou animado.[6] Em 30 de março de 1962 escreveu para Nova York, dizendo a Beradt que ela deveria publicar o material a todo custo: "Sua introdução deve conter: o relato de como a senhora chegou à ideia, como procedeu, quais pessoas relataram seus sonhos e, finalmente, a situação mental desses sonhadores no quadro geral do mundo dos sonhos dos alemães, uma mistura de medo, loucura, sadismo, masoquismo, arrogância, antissemitismo e megalomania. Uma indicação cronológica também deve ser almejada. Assim como a existência mental dos entrevistados, a qual grupo ou grupos profissionais as pessoas pertenciam. Intelectuais, técnicos, médicos, advogados, comerciantes. Perdoe-me por estar lhe dizendo o que fazer, só quero evitar dúvidas e dar-lhe o maior estímulo possível. A excitação da descoberta deve vir da senhora. A senhora é quem deve abrir as portas que levam a câmaras inexploradas".[7]

Charlotte Beradt começou a trabalhar imediatamente, apesar de não seguir, como será mostrado, todas essas sugestões. Em 31 de dezembro de 1962, escreveu: "Os sonhos me deram mais trabalho do que esperava, passei dois meses ruminando sobre eles; também tive que dar uma olhada na literatura médica sobre neuroses de campos* etc. e depois encontrar um fio

---

* Distúrbios pós-traumáticos causados pela experiência em guetos e campos de internamento.

condutor para o todo, que não era tão evidente como parece agora".⁸

Primeiramente, ela precisou desse "fio condutor" para um programa de rádio: *Sonhos de Terror. Coletados e comentados por Charlotte Beradt*. Ele foi transmitido pela Westdeutscher Rundfunk em 21 de março de 1963. Outras emissoras seguiram o exemplo; a Südwestfunk* até se decidiu por uma nova produção,⁹ talvez porque a WDR tivesse substituído, por razões inexplicáveis, a locução de Charlotte Beradt pela voz de um homem.

Se compararmos o ensaio em inglês com o programa de rádio, fica claro rapidamente por que Charlotte Beradt teve que "ruminar" sobre o seu texto por tanto tempo. Ela estruturara o ensaio levando em conta os pensamentos de Sigmund Freud sobre a interpretação dos sonhos. O texto começa com as autoridades, passa pela vergonha e o medo e termina com os desejos inconscientes. O programa de rádio se afasta dessa abordagem. O ensaio trata da "lógica interior da ditadura", que dita sonhos para "pessoas de todas as idades e status social". De um "mosaico surrealista, cujas pequenas pedras compõem-se de elementos da realidade política". Por isso ele conclui que os sonhos podem ser interpretados "do ponto de vista político, deixando de lado a possibilidade de que tenham outros conteúdos psicológicos".¹⁰ Ela ignora explicitamente a proposta de Karl Otten de dizer de forma exata quem sonhou o quê e quando. Os sonhos, segundo Beradt, dizem pouco sobre sonhadores individuais e mais sobre uma experiência política nova e destrutiva. Os sonhadores "experimentam, através de imagens bem claras — entre o despertar e o sono, indo da parábola à paródia, passando pelo paradoxo —, tudo que o poder total pode e deve fazer ao

---

* Radiodifusora do Sudoeste (SWR).

indivíduo. Não a sua tragédia pessoal, mas algo mais terrível; banimento, desenraizamento, desvalorização, interrupção da continuidade da vida, insegurança existencial, até a pergunta: afinal, o meu eu existe? Da despersonalização até a ruptura da pessoa — é isto o que diz a lógica da ditadura: que só pessoas totalmente alquebradas são totalmente controláveis".[11] Uma clara rejeição à interpretação dos sonhos. Os sonhos coletados registram experiências políticas que só são apreendidas aqui, nesses sonhos, com tamanha nitidez.

Ao elaborar este livro, Charlotte Beradt foi obviamente guiada pela ideia de que essas experiências[12] — devidamente enquadradas e acompanhadas de comentários apropriados — se tornassem legíveis. Por isso ela trabalhou muito mais do que no programa de rádio em cima da composição dos sonhos, do posicionamento de sonho, comentário e citação. Isso fica evidente logo no início, no sumário: onze capítulos, sendo o último deles dedicado aos "sonhos de judeus". Em nenhum outro capítulo tomamos conhecimento de quem são os sonhos ali apresentados. Temos então dez capítulos e um adicional que foge do padrão — e ao mesmo tempo, não. Com exceção do primeiro, todos os títulos de capítulo seguem o mesmo esquema: primeiro, uma frase descritiva, depois uma citação tirada de um dos sonhos do capítulo. Elas estão conectadas pela conjunção "ou". O livro é como uma conversa em que duas vozes — descrição e citação — falam de igual para igual, uma com a outra. Os sonhos, portanto, não estão dispostos como documentos, mas sim como vozes que têm algo a comunicar. Mas isso só acontece se alguém os organiza corretamente e dedica tempo para escutá-los.

Algo mais chama a atenção: todos os onze capítulos são precedidos por dois lemas. São citados o Livro de Jó, Robert Ley, T. S. Eliot, Hannah Arendt, Franz Kafka, Bertolt Brecht, o Evangelho de Lucas, George Orwell, Heinrich Heine, Heinrich Himmler, Eugen Kogon, Johann Wolfgang von Goethe e Hans Frank. Ou seja, três líderes nazistas, as bíblias hebraica e grega, dois grandes teóricos do nazismo, escritores e poetas — uma ousada mistura de vozes, por assim dizer. Elas não criam uma cacofonia, mas sim uma diversidade eletrizante. Às vezes as citações apresentam considerações teóricas, às vezes dão o tom, às vezes percorrem da "parábola à paródia, passando pelo paradoxo", como Beradt esboçara em seu programa de rádio. Certa vez, no décimo primeiro e último capítulo, elas têm uma função completamente diferente: foram escolhidos dois textos de nazistas, nos quais a palavra "judeu" se refere a uma denúncia que nada tem a ver com um povo, uma religião, uma cultura. As sequências dos sonhos ordenadas no capítulo contrariam essa atribuição ideológica.

A disposição dos capítulos traça um arco: o começo é a "gênese" do livro, seguida por uma série de capítulos que reconstroem a origem de um regime totalitário. O oitavo capítulo interrompe essa ordem: concentra-se nos atores. Agir sob condições totalitárias significa não estar de acordo. Mas o livro não termina aí. Pelo contrário: tanto os desejos "velados" como os "revelados" mostram o caminho oposto, o que vai "do opositor para o seguidor".[13]

Regimes totalitários não conseguem sobreviver sem seguidores. O livro de Beradt mostra como as pessoas se tornam seguidoras. Como elas se ajeitam e quebram sua resistência interna. *Sonhos no Terceiro Reich* também é uma teoria do totalitarismo.

Antes, o livro não foi lido assim. Na carta aqui citada, Karl Otten partiu do pressuposto de que Beradt traria contribuições para o "quadro geral do mundo dos sonhos dos alemães, uma mistura de medo, loucura, sadismo, masoquismo, arrogância, antissemitismo e megalomania". Ele não viveu para ver a publicação da obra, talvez tivesse revisto o seu julgamento.[14] Bruno Bettelheim, que escreveu o posfácio para a versão em inglês do livro,[15] tinha uma opinião semelhante. Teriam faltado os sonhos mostrando o que os nazistas e seus seguidores sonhavam.[16] Quais informações esperar de um "quadro completo da vida dos sonhos no Terceiro Reich"[17] permanecem em aberto. E ele reclama de algo mais: como a autora registrou apenas "conteúdos manifestos dos sonhos", mas não questionou os "pensamentos latentes dos sonhos", a leitura dos sonhos fica presa a adivinhações.[18] E mais uma vez permanece em aberto o que ganharíamos com essa pesquisa.

Graças à iniciativa de Reinhart Koselleck, o livro foi reimpresso em 1981.[19] Como mostra sua carta a Charlotte Beradt de 30 de junho de 1980, ele concordou "completamente com suas críticas ao posfácio de Bruno Bettelheim". Pois "o esquema que Bettelheim impõe aos sonhos é realmente dogmático e inapropriado para o diagnóstico político". Em seu posfácio para a nova edição, Koselleck critica a leitura de Bettelheim sem nomeá-lo: "Do ponto de vista freudiano, deve-se destacar o fato de que, nas histórias relatadas por Charlotte Beradt, o conteúdo latente e o conteúdo manifesto do sonho quase se tornam idênticos".[20] Também para Koselleck, manifestam-se nesses sonhos "vivências imediatas do Terceiro Reich", "sem prejuízo de sua psicogênese":[21] "A realidade transformada no sonho ganha uma dimensão obscura, que não se pode apurar a partir de outras fontes".[22] Essas "fontes" exigem uma "arte de interpretação" capaz de reatá-las "à história do supostamente factual".[23] Também Reinhart Koselleck não conseguiu enxergar que essa "arte de interpretação" fora adotada na obra havia muito tempo. Além disso, só leu os sonhos, mas não a composição de Beradt, seus comentários, as citações selecionadas. Pelo menos conhecemos uma pessoa que não apenas leu o "material", como também todo o resto. Infelizmente ela não comentou sua leitura por escrito. Uma carta de Charlotte Beradt indica que Hannah Arendt leu, por iniciativa própria, o texto datilografado do livro "e o elogiou muito (ela o criticaria sem medo); ela acha até que tenho um best-seller — isso me acalmou; quero dizer, essa opinião —, acha o material fascinante e, também, que eu fiz um bom trabalho, o melhor dentro do possível".[24]

BARBARA HAHN

Notas

APRESENTAÇÃO: O SONHO COMO FICÇÃO E O DESPERTAR DO PESADELO [PP. 7-26]

1. Primo Levi, *É isto um homem?* Rio de Janeiro: Rocco, 1988.

2. Jorge Semprún, *A escrita ou a vida*. São Paulo: Companhia das Letras, 1995.

3. Artemidoro, *Onirocrítica*. Rio de Janeiro: Zahar, 2018.

4. Bruce Albert e Davi Kopenawa Yanomami, *A queda do Céu*. São Paulo: Companhia das Letras, 2010.

5. Christian Dunker, Claudia Perrone, Gilson Iannini, Miriam Debieux Rosa e Rose Gurski, *Sonhos confinados: o que sonham os brasileiros durante a pandemia*. Belo Horizonte: Autêntica, 2021.

6. Christian Dunker, *Oniropolítica: alegorias da violência no Brasil*. 2019. Disponível em: https://blogdaboitempo.com.br/2019/10/07/oniropolitica-alegorias-da-violencia-no-brasil-contemporaneo/.

7. Bruno Bettelheim, "Forward". In: Charlotte Beradt. *The Third Reich of Dreams*. Nova York: Quadrangule, 1968.

8. Sidarta Ribeiro, *O oráculo da noite*. São Paulo: Companhia das Letras, 2019.

9. Laure Murat, *O homem que se achava Napoleão*. São Paulo: Três Estrelas, 2012.

10. Norbert Elias, *Os alemães*. Rio de Janeiro: Zahar, 1997.

11. Christian Ingrao, *Crer e destruir*. Rio de Janeiro: Zahar, 2015.

12. Shlomo Sand, *A invenção do povo judeu*. São Paulo: Benvirá, 2011.

13. Sigmund Freud. "O infamiliar". In: *Obras incompletas de Sigmund Freud*. Belo Horizonte: Autêntica, 2019.

14. Christian Dunker. *Reinvenção da intimidade: políticas do sofrimento cotidiano*. São Paulo: Ubu, 2018.

15. Sigmund Freud, "Interpretación de los sueños". In: *Obras completas*, v. III. Buenos Aires: Amorrortu, 1988 (1900).

SONHOS NO TERCEIRO REICH: A ORIGEM DA IDEIA [PP. 27-37]

1. Jó, 33:15, na tradução de Martinho Lutero.

2. Hannah Arendt, *Elemente und Ursprünge totaler Herrschaft*. Munique, 1955, p. 542.

3. No *The New York Times* de 23 de outubro de 1965, na p. 31, há um obituário de Paul Tillich escrito por Philippe Halsman, no qual se lê: "A experiência do nazismo foi difícil para ele esquecer. 'Durante meses sonhei com isso, literalmente', disse ele mais tarde, 'e acordava com a sensação de que nossa existência estava sendo alterada. No meu tempo consciente sentia que podíamos escapar do pior, mas meu subconsciente sabia melhor.'".

4. Essas "primeiras publicações" são o ensaio de Charlotte Beradt, *Dreams Under Dictatorship*. In: *Free World*, outubro de 1943, pp. 333-7. Conferir o programa de rádio *Träume vom Terror*, transmitido pela WDR em 21 de março de 1963.

5. Cf. pp. 137-47.

6. Em *Macbeth*, de William Shakespeare, ato 2, cena 2, lê-se: "*Methought I heard a voice cry 'Sleep no more,/ Macbeth does murder sleep' — the innocent sleep,/ Sleep that knits up the raveled sleeve of care,/ The death of each day's life, sore labor's bath,/ Balm of hurt minds, great nature's second course,/ Chief ourisher in life's feast*". ["Pensei ouvir uma voz a gritar: 'Não durma mais,/ Macbeth assassinou o sono!' — o sono inocente,/ Sono que desenreda a tessitura das preocupações,/ Morte de cada dia vivido, banho de labuta sofrida,/ Bálsamo das almas doentes, segundo prato no banquete da natureza,/ Alimento maior na celebração da vida."]

7. Georg Christoph Lichtenberg teve um sonho registrado na "Noite de Domingo de Páscoa de 1792", no qual ele "deveria ser queimado vivo. Eu estava muito calmo, o que me deixou inquieto quando acordei". Georg Christoph Lichtenberg, *Aphorismen. Nach den Handschriften*. (Org.) Albert Leitzmann. Berlim: 1908, p. 153. Friedrich Hebbel anotou um sonho no qual encontra "uma pessoa morta, que continuou sua vida fantasmagórica na terra, em um corpo de madeira". Em 25 de abril de 1847, o sonhador se viu em "um antigo poço de profundidade imensa, ou melhor, em cima, na grade de uma viga; mas esse poço

era na verdade um relógio, rodas giravam enquanto as águas esverdeadas corriam, pesos subiam e desciam, eu tinha que mudar de lugar a todo momento, se não quisesse ser esmagado ou empurrado para as profundezas". Friedrich Hebbel, *Tagebücher*. Berlim: 1913, v. I, p. 368; v. III, p. 235.

8. Em um sonho datado do outono de 1914 sob o título "Die Nationalhymne", o sonhador do livro dos sonhos de Wieland Herzfelde chega a um pátio pelo qual "passa um trem (como o trem urbano pouco antes da praça Savigny, em Charlottenburg)": "Lentamente, como se não conseguisse mais, chega pelo pátio um trem que não tem fim. Ele vem do front lotado de prisioneiros de guerra. Eles estão pendurados como morcegos em todas as barras e alças, redes e portas dos vagões, paralisados, espremidos, inertes. Eu entendo: eles congelaram na viagem. E o povo faminto, brigando e praguejando, puxa e rasga o que vê pela frente, destrói o vagão com machadadas e levam as melhores partes do saque para casa". Wieland Herzfelde, *Tragigrotesken der Nacht*. Berlim: 1920, p. 29.

9. Sigmund Freud, *A interpretação dos sonhos*. Foi publicada em 1899; oficialmente, porém, em 1900.

10. Cf. Jean-Paul, *Herbst-Blumine oder gesammelte Werkchen aus Zeitschriften*. In: Jean Paul, *Sämtliche Werke*. Edição crítica de Eduard Berendt. Berlim/Weimar: 1927ff. Reimpresso por Akademie-Verlag. Berlim: 1996ff, v. I/17: p. 236.

11. Jean-Paul, "Blick in die Traumwelt, § 5, Wunderbarer Übergang vom Schlafe ins Bewusstsein und von dem träumerischen in das wache". In: Id. Ibid., v. I/16, p. 138f: "Assim misturam-se o sonho profundo e o sonho fictício transparente, o firme e o fugaz, de forma ininterrupta e disparatada, e a pobre mente, que acredita poder controlar e refletir, é atirada por duas ondas entre as margens de dois mundos".

12. Bruno Bettelheim, que esteve preso no campo de concentração de Dachau em 1938, escreveu o posfácio para a edição inglesa do livro de Charlotte Beradt. Cf. Charlotte Beradt, *The Third Reich of Dreams*. Traduzido por Adriane Gottwald. Chicago, 1968: pp. 150-70. Já em 1943, ele havia escrito o ensaio "Individual and Mass Behavior in Extreme Situations", publicado no *Journal of Abnormal and Social Psychology*.

13. Em 1947, Hannah Arendt e Heinrich Blücher publicaram pela Schocken--Verlag uma edição das parábolas de Franz Kafka, que Charlotte Beradt certamente conhecia, mas que infelizmente até hoje tem recebido pouquíssima atenção. Cf. Franz Kafka, *Parables. In German and English*. Nova York: 1947.

14. Jó, 33:15.

15. Cf. Hannah Arendt, *Elemente und Ursprünge totaler Herrschaft*. Munique: 1955, p. 542.

16. Jó, 33:15.

A REFORMA DA PESSOA PRIVADA OU "A VIDA SEM PAREDES" [PP. 38-47]

1. "Vou fazer-te medo com um punhado de pó." T.S. Eliot, *A terra inútil*. Trad. de Paulo Mendes Campos. Rio de Janeiro: Civilização Brasileira, 1956, p. 14.

2. Hannah Arendt, *Origens do totalitarismo: antissemitismo, imperialismo, totalitarismo*. Trad. de Roberto Raposo. São Paulo: Companhia das Letras, 2013, ed. bras. (Neste caso, usamos tradução própria: "O domínio totalitário torna-se verdadeiramente total — e trata devidamente de sempre se vangloriar disso — quando encerra a vida privada dos que estão a ele sujeitos no cinturão de ferro do terror".)

3. Principal obra de Matthias Grünewald, produzida entre 1512 e 1516, é um retábulo de três partes do mosteiro de Santo Antônio, em Issenheim, exposto no Museu Unterlinden, em Colmar.

4. O chapéu de Gessler, como uma figura de linguagem, é uma entidade que tem como objetivo impor publicamente um comportamento servil. Segundo a lenda, Hermann Geßler (governador tirano do cantão de Uri) colocou seu chapéu no alto de uma colina em Altdorf e todos que passavam ali precisavam saudá-lo de forma respeitosa. Guilherme Tell não fez a saudação e, portanto, foi forçado a atirar em uma maçã — esse é o núcleo da versão de Friedrich Schiller para a fundação da Suíça, na lenda de Guilherme Tell.

5. Uma vidente, segundo a mitologia grega. A primeira menção foi escrita no singular por Heráclito. Em seguida, por Platão, Aristófanes e Eurípedes, no plural.

6. Cf. *Die Fragmente der Vorsokratiker*, em grego e alemão por Hermann Diels, v. 1. Berlim: 1922, pp. 77-102: "A Sibila, que com sua boca enfurecida fala do que não se pode rir, disfarçar e ungir, [atinge com sua voz para além de mil anos.] Pois o Deus a conduz".

7. Wolfgang Amadeus Mozart, *A flauta mágica*, ato 1, 12ª entrada:

> Papageno do lado de fora da janela, ainda sem ser visto. Os outros permanecem.
>
> Papageno:
> Onde estou afinal? Onde posso estar?
> Ah! Estou vendo umas pessoas;
> Com ousadia, vou entrar.
>
> Ele entra.
>
> Linda menina, jovem e fina,
> muito mais branca do que giz.

Monostatos e Papageno se olham — assustam-se um com o outro.

Os dois:
Uh! É- com-cer-te-za-o-di-a-bo!
Tenha piedade e me poupe!
Uh! Uh! Uh!

Os dois fogem.

8. Em 6 de setembro de 1940, Theodor Haecker anotou: "Tenho às vezes sonhos fantásticos, mas eles geralmente logo me escapam ou não me ocorrem de forma alguma. Esta tarde sonhei que estava sentado em frente ao Café Luitpold e escrevia. Minhas folhas estão sobre a mesa, como em casa, à noite, quando costumo escrever. Amigos estão por ali, com rostos impassíveis, olhando para mim. De repente, um homem vestido elegantemente, daquele tipo vindo do sul, pula rápido na minha direção, querendo pegar as páginas escritas. Eu resisto, espantado. Então um outro senhor, igualmente vestido de forma elegante, grita: 'Pare! Não é ele!'. Ele se volta educadamente para mim: 'Desculpe-me, este cavalheiro encomendou histórias do Moralla. O senhor sabe nos dizer onde ele mora?' 'Sim, no quarto andar', digo. Eles se apressam em direção ao pátio, que de repente aparece ali. Vejo uma pistola na mão de um deles e um longo punhal na mão do outro. Assusto-me, mas esboço um sorriso constrangido. Os amigos, com seus rostos impassíveis, me olham fixamente. [...] Meu Deus, onde estamos quando dormimos?". Theodor Haecker, *Tag- und Nachtbücher 1939-1945*. (Org.) Heinrich Wild. Munique: 1947, p. 149.

9. O romance de George Orwell *1984* foi publicado em 1949.

10. O drama *Don Carlos*, de Schiller, escrito entre 1783-87, trata de conflitos políticos como a Guerra dos Oitenta Anos, entre os Países Baixos e a Espanha, e as intrigas na corte do rei Filipe II (1556-98).

11. Uma canção e um jogo de roda:

A cozinheira negra está aí?
Não, não, não!
Três vezes tenho que marchar,
na quarta perco a cabeça.
Na quinta vez: venha comigo!
A cozinheira negra está aí?
Sim, sim, sim.
Lá vai ela, lá está ela,
a cozinheira da América!
Psst, psst, psst!

A música era cantada durante uma brincadeira infantil: uma criança anda ao redor de um círculo formado por outras crianças. Quando a criança andando toca numa outra, esta começa a correr com ela ao redor do círculo. A criança que sobra no final é "a cozinheira negra".

12. No 13º capítulo do segundo livro de Goethe, *Os anos de aprendizado de Wilhelm Meister* (1782), o protagonista ouve "O tocador de harpa":

> Quem nunca seu pão em lágrimas comeu.
> Quem nunca noites aflitas passou
> Sentado, aos prantos, em seu leito.
> Este não vos conhece, ó poderes celestes.
>
> Vós nos conduz em plena vida.
> Vós deixais pecar o pobre.
> Para então o abandonar à dor;
> Pois toda culpa se expia neste mundo.

Johann Wolfgang von Goethe, *Os anos de aprendizado de Wilhelm Meister*. Trad. de Nicolino Simone Neto. São Paulo: Editora 34, 2009, p. 142.

13. Cf. Franz Kafka, "Na colônia penal". In: *O veredicto/ Na colônia penal*. Trad. de Modesto Carone. São Paulo: Companhia das Letras, 1998.

14. Cf. a história de Albrecht Schaeffer, "Die Verwechselung". Publicada na *Neue Rundschau* 61/4, em 1950.

15. Bandeiras ao alto!
    Fileiras bem cerradas!
    Marcha a SA com passo silencioso (valente) e firme
    Camaradas, que por vermelhos e reacionários foram fuzilados,
    Marcham em espírito conosco em nossas fileiras

    A rua livre
    para os batalhões pardos
    A rua livre
    para o homem da tropa de choque!
    Milhões já olham para a suástica, cheios de esperança.
    O dia da liberdade
    e do pão está despontando

    Pela última vez
    Soa-se o alarme (alerta) para o ataque
    Para a batalha
    estamos todos prontos!

    Já (em breve) as bandeiras de Hitler tremularão por todas as ruas (sobre barricadas)
    A servidão durará
    pouco tempo!

16. Hannah Arendt, *Origens do totalitarismo: antissemitismo, imperialismo, totalitarismo*. Tradução de Roberto Raposo. São Paulo: Companhia das Letras, 2013, ed. bras. (Neste caso, a tradução é nossa: "A destruição da pluralidade provocada pelo terror deixa o indivíduo com a sensação de ter sido completamente abandonado por todos. [...] A experiência básica de união, que se realiza politicamente no regime totalitário, é a experiência do *abandono*".)

HISTÓRIAS DE ATROCIDADES BUROCRÁTICAS OU "NÃO ENCONTRO ALEGRIA EM MAIS NADA" [PP. 48-52]

1. Franz Kafka, *O veredicto/ Na colônia penal*, 1998.

2. Bertolt Brecht, "Aos que vão nascer". In: *Poemas 1913-1956*. Trad. de Paulo César de Souza. São Paulo: Editora 34, 2000.

3. Bertold Brecht escreveu o poema "Aos que vão nascer" entre 1934 e 1938, durante o exílio na Dinamarca.

4. Cf. André Breton, *Die Manifeste des Surrealismus*. Tradução para o alemão de Ruth Henry. Hamburgo: 2001, p. 18: "A partir do momento em que o homem for submetido a um exame metódico — quando, por meios a serem ainda determinados, conseguimos reproduzir o sonho na sua integridade (e isso pressupõe uma disciplina da memória que se estenderá por gerações; comecemos, no entanto, por registrar os fatos mais relevantes) — e sua curva se desenvolver regularmente, numa dimensão sem igual, podemos esperar que os segredos — que não são nenhum — deem lugar ao grande segredo, que é o mistério. Acredito na dissolução futura desses estados aparentemente contraditórios de sonho e realidade em uma espécie de realidade absoluta, a *surrealidade*, se assim podemos dizer. Almejo conquistá-la — certo de não conseguir —, mas despreocupado demais com a minha morte, para pelo menos não considerar os prazeres de tal posse".

5. De dezembro de 1920 a 30 de abril de 1945, o *Völkischer Beobachter* foi a publicação oficial do NSDAP. O jornal foi publicado, inicialmente, duas vezes por semana e, a partir de 8 de fevereiro de 1923, diariamente, pela Franz Eher--Verlag, de Munique.

6. A "hipnopedia", método de aprendizagem durante o sono, é usada no romance distópico *Admirável mundo novo* (1932), de Aldous Huxley, para o condicionamento de crianças.

A VIDA COTIDIANA RECRIADA DURANTE A NOITE OU "PARA QUE EU MESMA NÃO ME COMPREENDA" [PP. 53-9]

1. Lucas, 12:2.

2. George Orwell, *1984*. Trad. de Alexandre Hubner e Heloisa Jahn. São Paulo: Companhia das Letras, 2019: "Não havia naturalmente possibilidade alguma de saber se alguém estava sendo vigiado em um determinado momento. Com que frequência e segundo qual sistema a polícia do pensamento intervinha em um aparato privado era algo que ficava na especulação. Era até possível que cada um dos indivíduos fosse vigiado constantemente. Em todo caso, porém, se assim o desejasse, ela poderia intervir em um aparelho a qualquer momento. A pessoa tinha que viver na suposição — e estava de fato instintivamente preparada para isso — de que qualquer ruído era ouvido e, exceto na escuridão, todo movimento era observado".

3. Big Brother é o nome do ditador no romance *1984*, de George Orwell.

4. Pintura de Rafael, criada em 1512-13, Gemäldegalerie, Dresden. O olhar voltado para cima dos dois anjos sempre foi tema de discussão na história da arte.

5. Em referência à "*l'art pour l'art*" [a arte pela arte]. Essa variante também aparece na literatura francesa do século 19.

6. Cf. *Gênesis*, 11:19.

7. Cf. César Carena, *Tractatus de Officio sanctissimae Inquisitionis*. França: 1659, p. 322: "Se alguém diz heresias no sonho, os inquisidores devem tomar isso como motivo para investigar o seu modo de vida, pois, durante o sono, o que ocupou alguém durante o dia tende a retornar".

8. Citação não encontrada. Talvez Beradt esteja se referindo a um relato jurídico no jornal *Die Welt*.

O NÃO HERÓI OU "NÃO DIGO NENHUMA PALAVRA" [PP. 60-6]

1. Primeira estrofe da "Ballade von der Billigung der Welt" (1932), de Bertolt Brecht. In: *Poemas 1913-1956*. Trad. de Paulo César de Souza. São Paulo: Editora 34, 2000.

2. A 23ª estrofe de "Erinnerung aus Krähwinkels Schreckenstagen" (1854), de Heinrich Heine. Id., *Historisch-kritische Gesamtausgabe der Werke*. (Org.) Manfred Windfuhr. Hamburgo: 1992, v. 3/1, p. 228.

3. *Der Traum ein Leben. Dramatisches Märchen* (1840), de Franz Grillparzer; encenado pela primeira vez no Burgtheater, em Viena, em 1834.

4. Cf. George Grosz, *Ein kleines Ja und ein großes Nein*. Hamburgo: 1955, p. 217f. No final do sonho, lê-se: "O que é isso? Aquele homem barbudo — pelo amor de Deus, isto é um desaforo — está jogando pedaços de carvão em mim! Que maravilha, onde ele conseguiu isso? Eles voam até mim fazendo grandes arcos, como numa catapulta, e o homem que os arremessa — e ri ao mesmo tempo — se parece exatamente com Lênin. Ou será Eduard Fuchs, a chamada raposa dos costumes e conhecedor de Daumier? ('O senhor sabe, o Daumier, o Daumier, ele começou — ah, ele começou com o nariz, hahaha —, com o nariz ele começou...') Eu quero gritar para ele: 'Escute', quero gritar, 'escute, Eduard, chega de ficar jogando pedaços de carvão' — mas naquele momento as feições de Eduard se transformam e ele não é mais a raposa dos costumes, mas Kurt Birr; e Kurt me chama alto e claro, de forma que ainda posso ouvir: 'Por que você não vai para a América?'"

5. Cf. Fiodor Dostoiévski, "O sonho de um homem ridículo". *Duas narrativas fantásticas: A dócil e O sonho de um homem ridículo*. Trad. de Vadim Nikitin. São Paulo: Editora 34, 2009.

6. Cf. Karl Valentin, *I sag gar nix. Dös wird man doch noch sagen dürfen! Politische Sketche*. Munique: 1994.

7. Como, por exemplo, em *Finnegans Wake* (1939), de James Joyce.

O CORO OU "NÃO DÁ PARA FAZER NADA" [PP. 67-73]

1. Vigésima oitava estrofe da "Ballade von der Billigung der Welt", de Bertold Brecht (1932). In: Bertolt Brecht, *Große kommentierte Berliner und Frankfurter Ausgabe*, v. 2, *Gedichte 1. Sammlungen 1918-1938*. (Orgs.) Werner Hecht, Jan Knopf, Werner Mittenzwei e Klaus-Detlef Müller. Berlim/ Weimar/ Frankfurt: 1988, pp. 239-43.

> Vi os assassinos e vi as vítimas
> Só falta coragem mas não compaixão
> Vi os assassinos escolherem suas vítimas
> E gritei: concordo totalmente!

2. Franz Kafka, "Unglücklichsein". In: Franz Kafka, *Schriften, Tagebücher, Briefe. Kritische Ausgabe. Drucke zu Lebzeiten*. (Orgs.) Wolf Kittler, Hans-Gerd Koch e Gerhard Neumann. Frankfurt: 1994, pp. 33-40.

3. Essas formulações não foram encontradas em nenhum lugar nos escritos de Karl Jaspers. Agradeço a Kirsten Graupner, do Wissenschaftskolleg (conselho científico), em Berlim, por sua pesquisa minuciosa.

4. Marca de automóveis.

5. Disponível em: https://www.dhm.de lemo/bestand/objekt/exponat-plakat-spd-193233.html.

DOUTRINAS QUE SE TORNAM AUTÔNOMAS OU "OS MORENOS NO REINO DOS LOIROS" [PP. 74-84]

1. Hannah Arendt, *Origens do totalitarismo: antissemitismo, imperialismo, totalitarismo*. Trad. de Roberto Raposo. São Paulo, Companhia das Letras, 2013, ed. bras. (Neste caso, usamos tradução própria: "Não se trata mais do fato de que olhos azuis, cabelos loiros e um metro e setenta de altura sejam realmente garantia de qualidades superiores, mas sim de que se possa organizar pessoas com essas e outras características até o ponto em que ninguém mais se lembre se essa diferenciação faz sen-tido ou não. Uma operação aparentemente pequena, mas na verdade deci-siva, em que as opiniões ideológicas são levadas a sério".)

2. Citação não encontrada nos discursos impressos de Heinrich Himmler.

3. Franz Kafka, "Diante da lei". In: *Essencial Franz Kafka*. Trad. de Modesto Carone. São Paulo: Penguin-Companhia, 2011.

4. Um verso da quarta estrofe do poema de Detlev von Liliencron, "Heimgang in der Frühe": "Meu anseio vê apenas/ loiro e cores azuis? Vermelho celeste e verde/ Junto com os outros morreram". Cf. Detlev von Liliencron, *Bunte Beute*. Berlim/ Leipzig: 1903, p. 64f.

PESSOAS ATUANTES OU "BASTA QUERER" [PP. 85-95]

1. "Se a assimilação psicológica do campo [de concentração] deu resultado, isso não foi principalmente uma questão de origem social e da posição social à qual a pessoa pertencera anteriormente, mas se deveu quase exclusivamente à força do caráter e à existência — ou inexistência — de concepções religiosas, políticas e humanitárias." Eugen Kogon, *Der SS-Staat. Das System der deutschen Konzentrationslager*. Munique: 1974, p. 370. O livro foi publicado em 1946 por várias editoras nas zonas de ocupação ocidentais e pela Bermann Fischer, em Estocolmo.

2. Palavras finais de Egmont, no drama homônimo de Johann Wolfgang Goethe (1788).

3. O símbolo da montanha íngreme e do abismo é conhecido de sonhos políticos famosos; aparece, por exemplo, em um sonho de madame Jullien, durante a Revolução Francesa, e em um sonho de Bismarck. (Nota de Charlotte Beradt)

Cf. Madame Jullien, "An den Sohn" (Paris, 1º de junho de 1792). In: *Briefe aus der Französischen Revolution*. (Org.) Gustav Landauer, v. 1. Frankfurt: 1919, p. 368f.: "Um sonho, um nada, tudo nos assusta quando se trata do que se ama. Meu filho, sonhei esta noite que nós, seu irmão, você e eu, estávamos caminhando, sob o brilho pálido da lua, à beira de um abismo; como frente ao perigo não conheço nada mais salutar do que destemor e sangue frio, eu lhes digo com coragem: 'Caminhem com firmeza, crianças, mas continuem a andar'. Quando você deu um passo em falso, você despencou 100 pés diante dos meus olhos. Peço ajuda, deito-me sobre a rocha que quase cai verticalmente, deixo-me deslizar com toda minha força e chego ao fundo do precipício quase junto com você, sem sequer ficar atordoada. Eu o levanto, você está todo amassado, mas cheio de vida e coragem. Dois homens que se aproximam de mim o pegam nos braços e o carregam para cima, escalando um caminho tão íngreme que nunca ninguém pisou. Caminhei com esforço atrás do grupo. O amor materno me deu a força de Hércules e a alegria de chegar ao cume me desperta; estou coberta de suor e ofegante de alegria. Não consegui voltar a dormir, pois a excitação deste sonho despertou todos os meus espíritos. Era para ser profético? Existe algum perigo que o tem ameaçado? Minha criança querida, sempre vejo jovens caminhando ao longo de vulcões, precipícios e fendas nas paixões de seus anos. Julgue meus pensamentos! Eu lhe imploro, em nome de sua mãe, que cuide do meu filho. Repito-lhe, quantas vezes quiser, a única palavra com a qual tudo é dito: que uma sábia desconfiança mantenha abertos os olhos da sua consciência a cada passo que você der...". E ainda temos a carta de Bismarck a Guilherme I, de 18 de dezembro de 1881. Cf. Otto Fürst von Bismarck, *Gedanken und Erinnerungen, Neue Ausgabe*, v. II. Stuttgart/Berlim: 1922, p. 222f: "Agradeço respeitosamente à Vossa Majestade por sua generosa carta escrita à mão. Acredito que o sonho foi resultado não da minha palestra anterior, mas da totalidade das impressões dos últimos dias, com base nos relatos orais de Puttkamer, nos artigos de jornal e na minha exposição. As imagens do despertar não aparecem imediatamente no reflexo do sonho, mas só depois, quando a mente se acalmou pelo sono e o descanso. A mensagem de Vossa Majestade incentiva-me a relatar um sonho que tive no início de 1863, durante os dias mais difíceis do conflito, quando o olho humano não enxergava nenhuma saída viável. Sonhei — e contei imediatamente pela manhã para minha esposa e outras testemunhas — que eu cavalgava por um estreito caminho nos Alpes; à direita havia um precipício e à esquerda, escarpas; o caminho tornou-se cada vez mais estreito, de modo que o cavalo recusou a continuar; dar meia-volta ou desmontar era impossível por falta de espaço; então, com o meu chicote na mão esquerda, bati na parede lisa da rocha e clamei a Deus; o chicote tornou-se infinitamente longo, a parede rochosa desabou como num palco e abriu-se um caminho largo com vista para as colinas e os bosques, como na Boêmia, e tropas prussianas com bandeiras; e também no meu sonho eu me perguntei como poderia relatar isto rapidamente à Vossa Majestade. Esse sonho tornou-se realidade e dele acordei feliz e fortalecido".

4. Inge Scholl, *Die Weiße Rose*. Frankfurt: 1993, p. 60.

DESEJOS VELADOS OU "PARADA FINAL: *HEIL*" [PP. 96-103]

1. Franz Kafka, "Comunicação a uma Academia". In: *Contos, fábulas e aforismos*. Trad. de Ênio Silveira. Rio de Janeiro: Civilização Brasileira, 2021.

2. Pode ser encontrado no capítulo 9 da biografia paralela de Dion e Brutus, escrita por Plutarco, na qual o próprio Dionísio condena Mársias à morte. Se ele sonha com esse assassinato, provavelmente também é capaz de levá-lo a cabo quando está acordado.

3. "Ballade vom angenehmen Leben". In: Bertolt Brecht, *Große kommentierte Berliner und Frankfurter Ausgabe*, v. 11, *Gedichte 1. Sammlungen 1918-1938*. (Orgs.) Werner Hecht, Jan Knopf, Werner Mittenzwei e Klaus-Detlef Müller. Berlim/ Weimar/ Frankfurt: 1988, p. 142f.

DESEJOS REVELADOS OU "QUEREMOS TÊ-LO CONOSCO" [PP. 104-10]

1. Franz Kafka, *Contos*, 2021.

2. Declaração atribuída ao escritor nacional-socialista Dietrich Eckart.

SONHOS DE JUDEUS OU "SE NECESSÁRIO, CEDO LUGAR AO PAPEL" [PP. 111-23]

1. Hans Frank, em um banquete da Polícia de Segurança em 20 de dezembro de 1941: "Camaradas da polícia! Quando vocês se despediram de casa, muitas mães preocupadas, muitas esposas preocupadas devem ter dito: 'O quê? Você seguirá na direção dos poloneses, onde há tantos piolhos e tantos judeus?'. Naturalmente não é possível nos livrar de todos os piolhos e de todos os judeus em um ano. Isso precisará acontecer ao longo do tempo". In: Léon Poliakov/ Josef Wulf, *Das Dritte Reich und die Juden*. Wiesbaden: 1955, p. 180.

2. O discurso de Heinrich Himmler pode ser encontrado In: *Der National--sozialismus: Dokumente 1933-1945*. (Org.) Walther Hofer. Frankfurt: 1957, p. 280.

3. Johannes Brahms, *Ein deutsches Requiem*, op. 45, nº 6.

4. Título do manifesto de Émile Zola ao então presidente da República Francesa Félix Faures, de 13 de janeiro de 1898, no qual o escritor se refere ao escândalo judicial em torno do capitão — judeu — Alfred Dreyfus, banido para a Ilha do Diabo apesar de comprovada a sua inocência.

5. Samuel Beckett, *Fim de partida* (1956), drama de um ato. Em uma sala estão os protagonistas Hamm, seu serviçal Clov e os pais de Hamm, Nagg e Nell, que vegetam, sem pernas, em dois cestos de lixo.

6. Clarividência.

7. *Volksbuch vom Ewigen Juden* (Leiden, 1602), livro popular anônimo em língua alemã. Depois que Ahasverus proíbe Jesus, com a cruz nas costas, de descansar à sua porta, o condenado responde: "Ficarei aqui e descansarei, mas você andará!". Esta é a maldição que torna Ahasverus a figura do eterno judeu errante.

8. "Fugindo de meus compatriotas/ Cheguei agora à Finlândia. Amigos/ que eu não conhecia ontem montaram algumas camas/ Em um quarto limpo. No alto-falante/ ouço as mensagens de vitória da escória. Curioso/ olho para o mapa da Terra. Lá em cima, na Lapônia,/ para além do oceano Ártico/ Vejo ainda uma pequena porta." O poema está registrado como o de número 8 na "Steffinschen Sammlung". Cf. Bertolt Brecht, *Große kommentierte Berliner und Frankfurter Ausgabe*, v. 12, *Gedichte 2. Sammlungen 1938-1956*. (Orgs.) Werner Hecht, Jan Knopf, Werner Mittenzwei e Klaus-Detlef Müller. Berlim/ Weimar/ Frankfurt: 1988, p. 98.

9. Baseado em um texto de Joseph von Eichendorff, musicado por Felix Mendelssohn Bartholdy.

10. Max Hansen, "Jetzt geht's der Dolly gut" (1929). Uma gravação histórica, com Willi Kolle, pode ser ouvida em: https://www.youtube.com/watch?v=XIqyblfEOgQ

(3.5.2016)

"No ano passado, bem nesta época, eu estava noivo, e hoje estou o quê?
Minha amiga Dolly era muito simpática e num outro dia li no B. Z.:
Agora Dolly está bem, ela está em Hollywood, sentada em uma mesa com Lilian Gish.
Ela conhece Harold Lloyd, ela conhece Conrad Veidt. Quem ela não conhece?
Acho que a mim!
E eu lhe dei cem marcos para que ela sempre, sempre pensasse em mim.
Agora Dolly está bem, ela está em Hollywood, nos EUA, e eu estou aqui!

Dolly escreveu uma carta para Chaplin: 'Case-se comigo!'. Você morre de rir!
'Daqui um ano vamos nos divorciar e então uma grande estrela vou virar!'
Agora Dolly está bem, ela vive em Hollywood, em uma mesa com Lilian Gish.
Ela conhece Harold Lloyd, ela conhece Conrad Veidt. Quem ela não conhece?
Acho que a mim!
E eu lhe dei cem marcos para que ela sempre, sempre pensasse em mim.
Agora Dolly está bem, ela vive em Hollywood, nos EUA, e eu estou aqui!

Todo mundo entra aqui me perguntando: 'Onde será que a Dolly está?'.

Todo mundo quer um autógrafo dela, sobretudo o oficial de justiça.
Ele tem uma raiva de Holly, ele conhece bem a Dolly.
Ele odeia a mesa e a Gish, ele odeia o Harold Lloyd e odeia o Conrad Veidt,
Quem ele não odeia? Acho que a mim.
E eu não lhe dei nenhum marco para que ele sempre pensasse na Dolly.
Agora Dolly está bem, ela está em Hollywood, nos EUA, e eu estou aqui!"

11. Friedrich Rückert: "Aus der Jugendzeit" (escrito provavelmente em 1818, impresso pela primeira vez em 1831). Cf. *Friedrich Rückerts Werke. Historisch--kritische Ausgabe.* (Orgs.) Hans Wollschläger e Rudolf Kreutner. Göttingen: 2000, *Werke 1817-1818*, p. 342f.

Dos tempos da juventude, da juventude
Uma canção sempre me toca;
Ó como está longe, longe
O que antes era meu!

O que a andorinha cantou, cantou,
Esta que traz o outono e a primavera;
Ao longo da aldeia, da aldeia,
É isto o que ainda soa?

Quando me despedi, me despedi,
Caixas e caixotes eram pesados;
Quando voltei, quando voltei,
tudo estava vazio.

Ó boca infantil, ó boca infantil,
sabedoria inconsciente e feliz,
que conhece a fala dos pássaros, dos pássaros
como Salomão!
Ó corredor da pátria, da pátria,
Deixe-me levar para o teu espaço sagrado
Deixe-me mais uma vez, só mais uma vez
Fugir em sonho!

Quando me despedi, me despedi,
me parecia o mundo tão cheio,
Quando voltei, quando voltei,
estava tudo vazio.

Mas sim a andorinha volta, a andorinha volta,
E o ninho vazio se enche,
Se o coração está vazio, está vazio
Ele nunca se encherá novamente.

Nenhuma andorinha traz de volta, de volta
Aquilo por que tu choras;
Mas a andorinha canta, a andorinha canta
Na aldeia como outrora;

Quando me despedi, me despedi,
Caixas e caixotes estavam pesados;
Quando voltei, quando voltei,
Era tudo um vazio.

12. Em vez de: "Mas sim a andorinha volta, a andorinha volta,/ E o ninho vazio se enche,/ Se o coração está vazio, está vazio/ Ele nunca se encherá novamente".

OBSERVAÇÃO POSTERIOR [P. 124]

1. Sobre o papel de Karl Otten na criação do livro, cf. o posfácio, p. 153-5.

2. O programa *Träume vom Terror* foi transmitido pela WDR em 21 de março de 1963.

POSFÁCIO: SONHOS SOB A DITADURA [PP. 143-52]

1. "Dreams Under Dictatorship". In: *Free World*, outubro de 1943, pp. 333-7. A tradução adota, sempre que possível, formulações usadas no programa de rádio por Charlotte Beradt.

2. Na versão alemã, Charlotte Beradt acrescentou: "Primeiro a palavra 'Senhor' — provavelmente sonhei isso em inglês, não em alemão, por cautela".

POSFÁCIO: UMA PEQUENA CONTRIBUIÇÃO PARA A HISTÓRIA DO TOTALITARISMO [PP. 153-60]

1. Albert Ehrenstein, *Gedichte und Prosa*. (Org.) Karl Otten. Neuwied: 1961. O ensaio de Charlotte Beradt, intitulado "Exil", pode ser encontrado nas pp. 30-3.

2. Id. Ibid., p. 30.

3. Alusão a *Macbeth*, de Shakespeare, onde o protagonista diz a Lady Macbeth no 2º ato: "Methought I heard a voice cry, 'Sleep no more! Macbeth does murder sleep!'" ("Pensei ter ouvido uma voz gritar: 'Não durma mais! Macbeth assassina o sono!'")

4. O escritor Martin Beradt, com quem Charlotte Beradt era casada.

5. Carta de 7 de março de 1962; *Deutsches Literaturarchiv Marbach* (a partir daqui DLA Marbach), *Nachlaß Otten* (espólio documental) 2000.4 /531.

6. Cf. a tradução do ensaio deste livro, pp. 137-47.

7. DLA Marbach, *Nachlaß Otten* 2000.

8. Idem.

9. Id. Ibid. Cf. sua carta de 14 de janeiro de 1964 a Ellen Otten: "Ontem recebi uma carta de Baden-Baden (Suedwestfunk), dizendo que eles não querem apenas adquirir os 'Träume' [sonhos], mas também transformá-los em uma nova produção. Tive muita sorte com isto".

10. Texto datilografado sem título; DLA Marbach, *Nachlaß Otten* 2000, p. 10.

11. Id. Ibid., p. 11.

12. Uma primeira edição foi publicada em 1966 pela Nymphenburger Verlagsanstalt, em Munique. Infelizmente a editora não tem mais nenhum documento deste período, do qual pudéssemos tirar mais detalhes sobre as origens do livro. Isso pode ser lido em um e-mail da editora Langen Müller para a autora, datado de 12 de outubro de 2015: "Infelizmente não podemos ajudá-la mais. Nosso arquivo deste período é mais do que deficiente". Uma nova edição foi publicada pela Suhrkamp, Frankfurt: 1981.

13. Cf. p. 113.

14. Karl Otten morreu em março de 1963.

15. Charlotte Beradt, *The Third Reich of Dreams*. Traduzido por Adriana Gottwald, com ensaio de Bruno Bettelheim. Chicago: 1968.

16. Bruno Bettelheim, "An Essay". In: Id. Ibid., p. 169: "É portanto uma limitação aqui o fato de que sonhos de nazistas fervorosos não são incluídos, nem deste nem de outro grande grupo de sonhadores: aqueles que se deleitaram com o regime nazista, pois este lhes permitiu a vingança sobre aqueles que eles consideravam inimigos".

17. Id. Ibid., p. 170.

18. "Infelizmente o autor, que também coletou estes sonhos, pôde registrar apenas o conteúdo manifesto, ou seja, o que o sonhador lembrou espontaneamente, o que sua mente consciente estava disposta a aceitar e a deixar que os outros tomassem conhecimento. Por trás desse conteúdo manifesto, porém, estão os pensamentos de sonho latentes, ou seja, imagens que aparecem no que é lembrado apenas através de um disfarce pesado. O pensamento latente só é acessível através de associações livres ou de outras formas de interpretação dos sonhos. Os sonhos manifestos não nos

dão nenhuma certeza sobre isso. Podemos fazer certas suposições sobre o que pode ter sido, mas sem as associações livres do sonhador eles permanecem em grande parte apenas isso: suposições instruídas." Id. Ibid., p. 154.

19. Como aponta sua carta de 9 de junho de 1980 a Charlotte Beradt, Koselleck perguntou a Siegfried Unseld se poderia imaginar uma nova edição do livro na Suhrkamp. DLA Marbach, HS. 2008.

20. Reinhart Koselleck, "Posfácio". In: Charlotte Beradt, *Das Dritte Reich des Traums*. Frankfurt: 1981, p. 128.

21. Id. Ibid., p. 123.

22. Id. Ibid., p. 126. Siegfried Unseld também lê o livro de Beradt como uma "espantosa coleção de fontes". Cf. carta à autora de 6 de julho de 1981. DLA Marbach, Arquivo Suhrkamp.

23. Id. Ibid.

24. Carta de 10 de junho de 1965. DLA Marbach, *Nachlaß Otten* 2000.

A marca FSC® é a garantia de que a madeira utilizada na fabricação do papel deste livro provém de florestas gerenciadas de maneira ambientalmente correta, socialmente justa e economicamente viável e de outras fontes de origem controlada.

Copyright © Suhrkamp Verlag Berlin 2016
Todos os direitos reservados e controlados pela Suhrkamp
Verlag Berlin.
Copyright da tradução © 2022 Editora Fósforo

Todos os direitos reservados. Nenhuma parte desta obra pode
ser reproduzida, arquivada ou transmitida de nenhuma forma
ou por nenhum meio sem a permissão expressa e por escrito
da Editora Fósforo.

Título original: *Das Dritte Reich des Traums*

EDITORAS Rita Mattar e Juliana de A. Rodrigues
EDIÇÃO Três Estrelas e Mariana Correia Santos
PREPARAÇÃO Três Estrelas
REVISÃO Andrea Souzedo e Eduardo Russo
DIREÇÃO DE ARTE Julia Monteiro
CAPA Bloco Gráfico
FOTO DA AUTORA © Deutsches Literaturarchiv Marbach
PROJETO GRÁFICO Alles Blau
EDITORAÇÃO ELETRÔNICA Página Viva

Dados Internacionais de Catalogação na Publicação (CIP)
(Câmara Brasileira do Livro, SP, Brasil)

Beradt, Charlotte, 1907-1986
  Sonhos no Terceiro Reich / Charlotte Beradt ; tradução Silvia
Bittencourt ; apresentação Christian Dunker ; posfácio Barbara Hahn.
— São Paulo : Fósforo, 2022.

  Título original: Das Dritte Reich des Traums.
  ISBN: 978-65-89733-70-6

  1. Alemanha — História 2. Hitler, Adolf, 1889-1945 3. Nazismo
4. Sonhos I. Dunker, Christian. II. Hahn, Barbara. III. Título.

22-117405   CDD — 135.3

Índice para catálogo sistemático:
1. Sonhos : Análise   135.3

Eliete Marques da Silva — Bibliotecária — CRB-8/9380

Editora Fósforo
Rua 24 de Maio, 270/276, 10º andar, salas 1 e 2 — República
01041-001 — São Paulo, SP, Brasil — Tel: (11) 3224.2055
contato@fosforoeditora.com.br / www.fosforoeditora.com.br

Este livro foi composto em GT Alpina e
GT Flexa e impresso pela Ipsis em papel
Pólen Natural 80 g/m² da Suzano para a
Editora Fósforo em agosto de 2022.